Point de rencontre

Frank Leduc
Rosalie Lowie
Emilie Riger
Dominique Van Cotthem

Point de rencontre

Nouvelles

© Couverture : Ergé (photo et conception).

© 2021, Dominique Van Cotthem, Rosalie Lowie, Frank Leduc, Emilie Riger

Edition : BoD – Books on Demand
12/14 rond-point des Champs-Elysées, 75008 Paris
Impression : BoD – Books on Demand, Norderstedt, Allemagne
ISBN : 978 – 2 – 322 – 412-570
Dépôt légal : janvier 2022

Si, marchant dans la forêt, tu rencontres deux fois le même arbre, c'est que tu es perdu.
Proverbe

RÊVES ERRANCES

Je me souviens du temps - il y a fort longtemps - où durant mon enfance encore nourrie d'insouciance, je m'inventais des histoires faisant ainsi de mon quotidien un chemin jalonné des fruits de mon imagination, entre passages secrets, endroits sacrés et cachettes surprises. Je me souviens encore de ces mots en guise de préambule « *et si on disait que j'étais …* », précieux sésames donnant accès à des terrains de jeux que seuls mes copains et moi-même étions autorisés à explorer, transformant la réalité en terre d'aventures.

« *Et si on disait que j'étais…* » le cow-boy et toi l'indien ?... le pirate et toi le corsaire ? … le gladiateur et toi le centurion ? …et ainsi de suite selon les personnages historiques ou fantastiques que nous découvrions dans les bouquins ou à la télévision.

Depuis, les temps ont bien changé et désormais sur l'autel de la réalité cathodique trône une telle pléthore de héros en série que même la génération des millennials ne sait plus où donner du like. Certes, Starsky & Hutch ont cédé la place aux personnages Marvel, mais la magie opère toujours dans l'esprit des lutins du monde entier lorsqu'il s'agit de se réincarner en super héros ou de s'inventer un rôle sur mesure.

Ce « *Et si on disait que j'étais…* » prenait toute sa dimension lorsque nous le prononcions, point de départ d'un périple nous menant tout droit qui d'une chasse au trésor, qui d'un jeu de piste ou d'une course poursuite dans un périmètre allant du portail d'entrée des Radet jusqu'aux confins du parc des Guéry. Le décor était planté et je vous rassure, personne n'a jamais été blessé, même quand les soldats de plomb prenaient le relais les jours de pluie et envahissaient la salle à manger, faisant de l'endroit un véritable champ de mines où quiconque osait s'aventurer s'exposait à une salve d'obus-billes en terre cuite.

Le danger était partout, fallait faire attention où mettre les pieds dans ces espaces de vie transformés soudainement en territoires hostiles et bunkers insolites, où l'ennemi pouvait surgir du vaisselier, se planquer dans la penderie ou trouver un abri antiatomique dans la niche de Kiki, le chien.

Les déguisements n'étaient pas en reste, comme si revêtir nos habits de lumière nous octroyait des pouvoirs surnaturels. Tantôt Viking, tantôt Chevalier, Zorro ou Josh Randall, Geronimo ou Davy Crocket, Superman ou Hulk, forts de ce côté obscur de la force, nous changions de mondes et d'époques à volonté et réinterprétions l'Histoire à notre façon. Avec un grand i comme Imagination. Notre monde s'enrichissait de ces rencontres éphémères sur lesquelles, une fois nos parties terminées, nous jouions les prolongations en nous plongeant dans les aventures extraordinaires des nombreux livres soigneusement rangés dans l'imposante bibliothèque du salon. Du capitaine Nemo aux compagnons de la Croix-Rousse, de Jules Verne à Jack London, en passant par Alix et Rahan, c'est fou le monde que nous côtoyions.

Et vous, avec des si, vous étiez qui ?

Le « *Et si …* » fit son bout de chemin durant ces années d'errances imaginatives et rencontra un beau jour le « *Quand je serai grand… »*, une sorte de grand frère sur lequel tous les espoirs semblaient permis. « *Quand je serai grand,* je serai astronaute…archéologue…explorateur…footballeur… » bref, des trucs de grand qui faisaient rêver les p'tits. La vie n'étant pas un long fleuve tranquille hormis pour Thomas Pesquet, Frank Leduc, Jean-Louis Etienne ou Michel Platini, je m'aperçus rapidement que les épaules de ce grand frère ne pouvaient porter à elles seules tous les espoirs des gamins de 7 à 18 ans, apportant la preuve irréfutable que les colosses aux pieds d'argile ne sont pas des légendes. La jeune pousse que j'étais alors ne pouvait pas s'imaginer que les espoirs placés en moi par mes parents resteraient à l'état de friche. Et que les chemins que j'emprunterais à l'avenir seraient sevrés de ces parfums d'enfance, la vie se chargeant de déplacer mes rêves de tête de gondole au rayon congélation.

Et vous, quand vous étiez petits, vous vouliez être qui ?

La date de validité de mon « *Quand je serai grand*» arriva à échéance un 24 mai d'une année du siècle dernier, jour d'une rencontre fatale entre le début de ma vie active et la fin de ma vie fictive. Le coup de téléphone m'annonçant mon embauche pour mon premier job me fit certes sauter de joie mais aussi prendre conscience que la récréation était terminée. Je fêtai toutefois dignement l'événement avec mon ami québécois, le talentueux photographe André Doyon, qui avait établi son camp de base chez moi durant son séjour en France. Je m'en souviens encore puisque à partir de ce jour-là, je ne pensai plus, je fus. Par contre, je ne me souviens plus de la marque de la bière. Voilà ce qui arrive quand on prend de la bouteille.

Ce nouveau statut d'adulte enterra mes dernières illusions de devenir celui que j'imaginais quand j'étais enfant, creusant un peu plus le sillon de mes aspirations déçues. Heureusement, la vie est bien faite et m'apporta bon nombre de lots de consolation à défaut de m'avoir fait gagner celui du loto ou de m'avoir doté de supers pouvoirs. Je bossais dorénavant comme concepteur rédacteur au sein d'une agence de pub parisienne mais je ne le dis jamais à ma mère car elle croyait que j'étais pianiste dans un bordel.

N'empêche qu'il m'a souvent fallu résister à la tentation de me transformer en un autre que moi à en croire l'insistant précepte *"J'aurai voulu être..."* qui frappa à la porte de mon esprit vagabond avec ses embruns de nostalgie se fracassant sur le quotidien de ma réalité. Adieu les héros d'antan, bienvenus à ceux des temps modernes incarnés par des gens ordinaires mais animés d'une passion sans limites.

Je me souviens de ces apéros au Pacific Palissades de la rue Quincampoix où les musiciens d'un soir venaient pousser la chansonnette, entre la plancha et la tequila. Au sous-sol, juché sur une estrade recouverte de tissu en lamé rouge vermillon, un piano se tenait droit et fier comme Artaban. Le fait qu'il fut à queue expliquant sa posture. Il était à disposition de quiconque rêvait de se prendre pour Baxter Dury en agrémentant le menu avec la reprise d'un tube à la sauce relevée ou d'une mélodie aigre douce, le tout se terminant par un plat de résistance digne des plus beaux bœufs de la capitale. Là, au Pacific Palissades, j'y ai croisé Angie, Michelle, Roxanne, Mélissa, Billie Jean, Marcia, Aline et Joséphine.

Là, j'aurai voulu être pianiste…

Je me souviens de cette expédition sur la rivière Romaine, à l'autre bout du monde, où je rencontrai des baleines qui folâtraient dans le port de Havre Saint Pierre, des ours qui pointaient leur museau à la brunante et des brûlots qui prenaient ma peau pour du gâteau. Je n'oublierai pas Bob, l'ouragan, à l'humeur particulièrement cyclo(ne)thymique et au caractère bien trempé. Là-bas, au pays de la démesure, outre des situations jamais vécues, une rencontre inoubliable avec Bernard Voyer, guide-explorateur-conteur-alpiniste-skieur-conférencier, bref un personnage hors norme dont la carrure, la bonté, les connaissances et la fiche wikipédia sont à la mesure de son pays. Démesurées.

Là-bas, j'aurais voulu être aventurier…

Je me souviens de JM. Renard, brillant illustrateur dont le passe-temps favori était de distribuer des coups. Des coups de crayon. Il se tenait toujours prêt à dégommer le Renard et lorsqu'il commençait à croquer des instantanés de vie, c'était un spectacle. Affûter la mine, noircir la page, mettre les formes, arrondir les angles, tracer les contours, donner une expression, esquisser un paysage, puis dégainer son couteau et ses aquarelles avant d'immortaliser le croquis dans ses carnets de voyages. Il en a tiré des portraits, le bougre, qui finirent sur papier glacé.

À le voir, j'aurais voulu être dessinateur…

Je me souviens de ce jour où je me retrouvai à la table de quatre gens de lettres jonglant avec les mots comme Maradona avec un ballon et que l'art de manier la plume comme les Dalton le goudron avaient fait accéder à une certaine notoriété dans les cercles littéraires.

Habitués aux mondanités et aux serrages de pattes, ils sillonnaient dans la plus grande convivialité les villages de Navarre à bord de leur bibliobus, accueillant à bras ouverts et sans ergots surdimensionnés tous ceux qui voulaient toucher leur bosse des lettres. Et de ce fait transformaient leur mine en or. Ce soir-là, ils avaient fait étape dans un rustique saloon de thé et m'avaient pris en aparté. Avaient rassemblé sur le zinc leur butin de 42 euros 195 centimes, gain de leur journée marathon. M'avaient demandé de leur tirer le portrait pour garder une trace de leur tête, craignant qu'elle ne devienne trop grosse si jamais la célébrité s'abattait sur eux, comme cela arrivait fréquemment dans l'univers impitoyable de l'édition. Je m'exécutai sur le champ, déclenchant la fleur au fusil avec l'espoir de m'en sortir indemne. Idem pour eux, ils s'en sortirent bien. Histoire de mettre un peu de beurre dans les épinards et d'achever cette soirée bien ou mal, ils m'emmenèrent au Casino du coin et insistèrent dans un élan de générosité soudain à me faire jouer à la roulette russe. J'avais un peu les jetons car je ne connaissais pas la langue de Molotov en dehors de kopeck et de vodka. Ce qui me sauva la mise.

À ma gauche se tenait Frank L.*, historien émérite et théologien appliqué, qui ne se déplaçait jamais au Bellagio de Las Vegas sans Descartes dans son sac, ce qui lui fit jouer plus d'un tour au poker tout en dédicaçant sur tapis vert ses bibles à ses disciples.

En face de moi, Rosalie L*. était une adepte des cadavres exquis qu'elle accrochait au-dessus de sa cheminée comme trophée après ses retours de jogging. Son talent de taxidermiste lui avait valu moult prix dans le microcosme de l'édition sauvage et elle en reversait les gains à la ligue de protection des libellules de la Côte d'Opale.

À ses côtés, Emilie R*., fan de Philippe Djian dès la première heure, ne se séparait jamais de ses doggy-bags qu'elle remplissait jour et nuit de toutes les idées qui lui traversaient l'esprit, provoquant chez elle une surchauffe cérébrale à plus de 37,2 dès le matin.

Enfin, Dominique VC.[1] aurait très bien pu être meneuse de revue sur les planches du Théâtre de Liège mais elle bifurqua comme effeuilleuse à la cour de Belgique. Son chemin semblait tout tracé mais sa passion pour le flamenco lui donna envie d'aller voir si les castagnettes étaient plus clinquantes ailleurs. Elle devint célèbre en Andalousie où elle fut désignée "bailaora" de l'année 2018.

Ayant quelques mots à se dire, ces quatre-là avaient coutume de se réunir une fois l'an dans un

---

[1] Les prénoms ont été retranscrits dans leur intégralité mais par souci d'anonymat, les noms ont été abrégés.

hôtel à Paris. Leurs paroles durant cette réunion étaient enregistrées par greffier, validées par un jury composé de leurs propres personnes avant d'être consignées et publiées dans un recueil de nouvelles. En voici le condensé.

-Remonter le temps et se retrouver au Moyen Âge parmi les robaïres, les cherche-pots, les traîne-bissacs et les brayauds. C'est dans ce monde que la jeune Florie a une sainte vision qu'elle n'oubliera jamais. (Le cheval - Frank Leduc)

-Se servir du noir pour éclairer son chemin. C'est ce que Vic, en quête de vérité sur sa propre famille va expérimenter. Et si ce blackbird - annonciateur de secrets - la guidait vers la lumière ? (Black bird - Rosalie Lowie)

-Vivre l'instant présent c'est désormais la résolution d'Adrien que le confinement a réduit à l'apathie et que l'usage de l'écran total va rendre addictif à une loi des séries assez particulière. (L'instant présent - Emilie Riger)

-Se connecter à son inconscient, c'est la solution de Nathalie pour s'extirper de sa modeste condition de caissière. Mais une succession de situations insolites va la mener bien plus loin. (Pleine conscience - Dominique Van Cotthem)

Les jeux sont faits.
Les dés sont jetés.
Les fantastiques sont de retour. La preuve, je vous dévoile mon carré d'as. Certaines rencontres méritent des révérences…des rêves errances.

Et cette petite voix intérieure qui me parle chaque fois que je les lis…j'aurais voulu être écrivain…

Amicalement vôtre.

Ergé

Le cheval

Frank Leduc

L'imaginaire est supérieur à la réalité,
parce qu'il la sublime sans entraves.
Mais parfois, dans certaines circonstances,
l'inverse peut également se produire.

Jour de la Saint-Jean 1429 - Val de Loire.
Un petit hameau, à quelques lieues de Patay.

Le voyageur fit le tour de son cheval comme s'il le voyait pour la première fois. Florie fulminait. Au loin, les tambourins annonçaient pourtant l'arrivée de la garnison, mais imperturbable l'homme ne s'en souciait guerre. Suspicieux, méticuleusement il inspectait. Comment pouvait-on être indifférent à pareil tumulte ? Elle était à deux doigts de lui demander de se hâter, mais se ravisa. Au cuir de sa selle et au pourpre de sa redingote, il est évident qu'il ne venait pas de la région. Il souleva chaque sabot afin de s'assurer que le fer y était bien clouté et qu'il n'y avait pas d'espace. Bien sûr qu'il n'y en avait pas, Florie ferrait des chevaux depuis qu'elle avait quatre ans alors elle savait s'y prendre. Personne ne lui avait jamais fait de remarques désobligeantes, même pas le Sénéchal qui était pourtant volontiers méprisant avec les brayauds[2].

— Tiens, gamine, dit l'homme en lançant une pièce à terre.

Elle se mordit le haut de la lèvre pour ne pas hurler, heureusement qu'elle travaillait davantage pour les animaux que pour leur propriétaire. Au fond des entraves le Faure[3] rit sans retenue. Il connaissait le caractère tempétueux de sa fille et savait exactement ce qu'elle pensait à ce moment précis. Elle lui jeta un regard noir charbon puis ramassa la pièce avant que quelqu'un ne la lui vole. C'était une livre tournois de vingt sous en argent peu abîmé, frappée du visage du défunt Philippe II et des armoiries du royaume de France, une pièce comme on en voyait peu par ici.

— Ça ira, demanda le voyageur ?

Elle hésita à houspiller, mais ignorant tout de l'identité de celui à qui elle avait à faire, se contenta de lui tendre la bride.

— Ça ira.

Malgré son âge, l'homme enfourcha sa monture avec une surprenante agilité, puis, sans un geste d'affection envers la bête ni un regard vers la jeune paysanne, prit la direction du village à bride abattue. Lui

---

[2] Paysans
[3] Maréchal Ferrant

au moins n'allait pas être en retard, tempêta Florie ! Elle courut jusqu'au sommet du talus et se hissa sur la pointe des pieds afin de voir au-delà des toits de glui. Ils arrivaient, ils étaient bien plus nombreux qu'elle ne l'avait imaginé. Peut-être cent ou cent-cinquante, des chevaliers, une véritable armée ! Entre les nuages blancs, les reflets du soleil sur leurs armures argentées ressemblaient à des éclairs au milieu de la grisaille. Florie n'avait jamais vu quelque chose d'aussi beau et tout le monde s'entassait déjà à l'entrée du village pour assister au défilé. Il y avait des drapeaux et des blasons de toutes les couleurs, ceux du Dauphin Charles, ceux du duc d'Alençon, du *Bâtard d'Orléans*, de la papauté et aussi beaucoup d'autres qu'elle ne connaissait pas. Mais, celui qu'elle cherchait le plus, un étendard blanc, bicorne, frappé de la fleur de Lys, elle ne le trouva pas.

— Papa ils arrivent, cria-t-elle. On doit partir tout de suite !

Le père se leva pour la rejoindre en haut du monticule. Il posa ses mains chaudes sur les épaules de sa fille et regarda à son tour. Il devenait vieux, sa vue avait baissé et il ne parvint pas à distinguer grand-chose. Il soupira.

— Tu sais moi les chevaliers, hormis leurs chevaux, ça ne me passionne guère.

— Tu ne vas pas rater ça ?

– Non, car tu me raconteras. Il faut que je termine le récurage des étriers avant qu'ils ne nous apportent leurs montures pour la nuit. Va les voir toi, ça sera mieux.

Elle ne se fit pas répéter l'autorisation.
– Je peux prendre Jumy pour descendre ?
– Le Faure réfléchit quelques instants.
– Non ! Il va y avoir trop de monde en bas. Des cohortes de robaïres à essayer de détrousser et des cherche-pots à quémander.
– Avec tous ces chevaliers ?
– Les chevaliers sont là pour les Bourguignons, pas pour les robaïres…

Florie discutait beaucoup, souvent, trop au goût de son père, mais cette fois le temps était compté et elle abdiqua avant même de combattre.
– D'accord, acquiesça-t-elle anormalement vite.
– Elle sauta au sol, trébucha, faillit tomber dans le purin, se rattrapa, et détala comme un lapin. Arrivée au vieux portail en bois recouvert de lierre elle se retourna.
– Je rentre avant la nuit, d'accord ? À tout à l'heure ! ponctua-t-elle avant qu'il n'ait le temps de répondre.

Elle courut plus vite que jamais. Le chemin rocailleux était en pente si bien que par moments elle avait l'impression de voler. Même sur Jumy elle ne serait pas allée plus rapidement. L'entrée du village se trouvait à une demi-lieue. Pour y parvenir, elle passa devant les brabailles d'Adelphe qui la suivirent du regard avec curiosité. Le fourrage avait été abondant à l'hiver et les moutons n'avaient pas la maigreur habituelle. Son cœur battait fort et pas seulement parce qu'elle cavalait. Il y avait autre chose. Chaque nuit Florie y pensait. Elle rêvait de voir la sorcière, de l'apercevoir, même de loin. Quelques semaines plus tôt, lorsqu'elle avait libéré Orléans, les gens avaient réalisé qu'elle n'était pas une légende et les traînes-bissacs[4] avaient vite propagé la rumeur. Elle était réelle, de chair, de sang et d'os comme elle. Après le duché, ce sont les autres villes de Loire qui étaient tombées devant les chevaliers du Dauphin Charles. Les cacanajes[5] s'étaient alors amplifiés. Elle était guidée par Dieu disaient les uns, par le Diable disaient les autres…, peu importe, elle était guidée ! Florie n'était pas pieuse, on lui reprochait suffisamment, mais en cette sorcière-là, elle voulait bien croire !

À Patay, les combats avaient été d'une rare violence. On racontait que les villageois étaient restés calfeutrés dans l'église durant quatre longues journées et nuits. Même pour les excréments ils n'avaient pas pu sortir et une odeur pestilentielle avait fini par s'en dégager et persistait depuis. Cette

---

[4] Colporteurs
[5] Commérages

fois, la sorcière n'avait pas participé aux combats, personne ne l'avait vue, mais ses pouvoirs avaient probablement accompagné les troupes de Charles et le bourg était tombé.

Le dimanche suivant, après la grand-messe, le Sénéchal avait pris la parole. Tout le monde attendait ça. Sans surprise, il retourna sa veste. Après la chute d'Orléans, il annonça que désormais le village ne soutiendrait plus les Bourguignons mais les Armagnacs, et qu'une garnison entière du Dauphin séjournerait bientôt sur le domaine. L'effet de surprise fut… modéré. Les gens étaient blasés depuis longtemps de ces retournements d'alliances successifs. Ils voulaient la paix et, pour la plupart, peu leur importait la couleur de son blason. Malheureusement ce jour-là, le sénéchal n'avait pas su répondre à l'interrogation la plus importante, celle que tout le monde avait à l'esprit : la sorcière de Charles serait-elle avec eux ? Il se contenta d'une réponse évasive.

– Personne ne sait si elle existe ou non. Si elle est réelle, peut-être est-elle sainte, et ses déplacements secrets, car les Bourguignons sont partout ! dit-il menaçant à ceux à qui il prêtait encore allégeance la semaine précédente.

Beaucoup prirent ça comme un aveu déguisé et des réjouissances s'improvisèrent le soir même. Sous les chaumes on ne parla que de miracles, de bravoures, d'anges, de sorcières et de cavalerie.

Pour loger les chevaliers, nombre de villageois furent priés d'offrir leur couche. Comme Florie et son père habitaient une écurie sans commodités, ils ne seraient pas concernés par cette contrainte, néanmoins on leur porterait une partie des destriers à ravitailler et à héberger. La jeune brayaude avait hâte de s'en occuper car on les disait plus grands, plus beaux et plus forts que tous ceux qu'on pouvait imaginer. Depuis bien avant sa naissance, les Bourguignons et leurs ourdis amis anglais venus d'on ne sait où, et qui ne parlaient pas le même patois, pillaient les villages de la région. Alors lorsque les cacanajes s'étaient confirmés qu'une sorcière envoyée par le Dauphin les mettait en pièces aux quatre coins du pays, elle s'était immédiatement rendue à l'église pour prier un dieu auquel elle ne croyait pourtant pas.

Sa vie allait changer, le bonheur allait s'installer durablement sur la Loire et Florie voulait voir de ses yeux celle grâce à qui ce miracle se produisait !

Elle entra par la charrière utilisée pour amener les cochons. La voie principale était déserte et le ciel menaçant. La plupart des brayauds avaient abandonné leurs occupations pour se rendre à l'entrée du village. Sans ralentir, elle passa devant l'échoppe de l'apothicaire, puis l'étal où on portait les rigatons[6] pour les *cherche-pots*, elle contourna l'atelier des pellaux[7] d'où s'échappait une odeur âcre de peaux séchant au soleil, pour enfin atteindre la porte sud !

Sauter dans les flaques l'avait toujours fait rire, aussi lorsqu'elle vit la grande qui s'amassait toujours au bas de la descente des moines elle ne put s'en empêcher. Elle remonta le bas de sa robe et, de tout son élan, bondit en plein milieu les deux galoches jointes ! Tous les villageois proches furent servis dans un tonnerre de jurons. Elle profita de la dispersion qu'elle avait créée pour se faufiler et venir se blottir auprès d'Adelphe. Le visage de l'adolescent s'illumina en voyant celle qu'on lui avait

---

[6] Les restes
[7] Tanneurs

toujours présentée comme sa future épouse. Bien que boutonneux et disgracieux celui-ci possédait une joie dans le regard qui le rendait séduisant, même auprès de femmes bien plus âgées que lui.

— J'ai cru que t'arriverai jamais !

— J'ai cru que j'arriverai jamais…, répliqua-t-elle tout en s'essuyant la sueur sur la chemise en chanvre d'Adelphe. Beaucoup sont passés ?

— Au moins trente. Le père ne voulait pas que tu viennes ?

— Si si, mais un visiteur est venu me pouiller juste avant les campanes[8].

— Pfff…

Il lui prit la main. Elle ne se laissait pas toujours faire, mais là elle était de bonne humeur et ça se remarquait. Sur les rives la foule était dense. Les brayauds qu'elle connaissait pour la plupart, étaient endimanchés et portaient barbichets[9]. Ça lui faisait bizarre de les voir comme ça. Chaque passage de chevalier sur le pont provoquait des murmures d'admiration. L'enthousiasme était contagieux et Florie était heureuse que tout le monde soutienne désormais les troupes du Dauphin Charles.

— Regarde celui-là là-bas, dit-elle en montrant l'un des hommes à redingote pourpre qui se trouvait au centre du pont.

---

[8] Les cloches
[9] Chapeaux, coiffes

– Oui… ?

– C'est lui qui est venu me pouiller. C'est à cause de lui et de son maudit cheval que je suis en retard.

– Heureusement que tu ne lui as pas mal parlé, il fait partie des troupes ecclésiastiques.

– Regarde toutes les courbettes qu'ils font sur le passage des chevaliers. C'est incroyable… Tu avais déjà vu des religieux saluer autant ?

– Non, mais ils peuvent ! Si Charles est couronné, il va rétablir leurs anciennes prérogatives et ils ont beaucoup à y gagner. En tout cas j'espère qu'ils n'ont pas mal au dos car on annonce plus de deux cents chevaliers…

De là où Florie se trouvait, elle ramassa un petit caillou qu'elle lança haut vers un groupe qui passait au ralenti. « Clong » fit-il en retombant sur la visière d'un casque. L'homme en dessous regarda vers le ciel sans bien comprendre ce qui lui était tombé dessus.

– Ces cuirasses sont indestructibles, constata Florie fière de son expérience !

Elle se mit à rire, comme elle le faisait lorsqu'elle était heureuse. Cette journée se déroulait à merveille. Les ducs et les comtes de la région s'intercalaient dans le cortège pour se faire célébrer. Enfin, c'est ce qu'ils espéraient, mais ça ne marchait pas toujours. Le coq n'est tout-puissant que sur son fumier, entouré de courtisans et d'usuriers qui le flattent en permanence, alors pour eux c'était le moment de vérité. Certains s'en sortaient plutôt bien, d'autres… moins, et n'échappaient pas à des jets plus ou moins fournis de légumes mûrs. Bien qu'à peine tétouné, Florie, consciente de la récupération escomptée, ne se faisait pas prier pour huer bruyamment tout ce qui ne portait pas une armure.

Deux chevaliers non casqués, plus fougueux et mieux apprêtés que les autres, passèrent sur le pont au trot cadencé. Les gens reconnurent facilement le jeune Thibault d'Armagnac et le gascon Jean Poton seigneur de Xaintrailles, tous deux fraîchement héros de la bataille d'Orléans. Un tonnerre d'acclamations salua leur passage. Eux, ils y étaient !

— Ça, ce sont de vrais hommes ! dit Florie en enfonçant son coude dans les côtes d'Adelphe pour qu'il prenne exemple.

— Leurs chevaux sont incroyables, répondit le jeune garçon imperturbable.

— C'est parce que ce n'en sont pas…

— Ce ne sont pas de chevaux ?

— Pas tout à fait, non.

— Ah bon ?

— Ce sont des destriers[10] !

---

[10] Du latin « dextra » dû au fait qu'il devait toujours être tenu de la main droite par l'écuyer (la meilleure).

— Et c'est quoi la différence ? demanda Adelphe qui s'y connaissait bien moins qu'elle.

— Il s'agit de chevaux arabes, nés et dressés pour la guerre et les tournois. Ils sont plus puissants et plus hauts que les autres pour donner un meilleur angle de frappe au chevalier. On dit que seule la mort les arrête lorsqu'ils ont reçu un ordre.

Une couverture de fer, une housse de poitrail en mailles serrées jusqu'au-dessus des naseaux, et des œillères amplifiaient l'impression de puissance.

— Eh bien chevaux ou destriers, moi jamais je ne monterais sur des monstres pareils.

Florie se réjouissait par avance d'avoir à s'occuper d'une trentaine de ces formidables animaux. Elle en avait déjà vu, mais pas souvent, et contrairement à Adelphe elle avait bien l'intention d'en monter un au petit matin lorsque le père dormirait.

— Tu as vu la sorcière ? lui demanda-t-elle en prenant subitement une voix plus sérieuse.

— Comment veux-tu qu'on la reconnaisse ?

— C'est une femme…, répondit-elle d'un air affligé.

— Si elle passe toute nue… je ne dis pas, mais en armure et casquée ça ne fait pas une grande différence. Et puis sorcière…, la plupart des gens d'ici prétendent plutôt qu'elle est sainte !

Florie acquiesça et sourit. Au moins elle ne l'avait pas manquée. Elle observa les postures et les signes distinctifs, effectivement si elle se déplaçait en armure, comme le colportaient les traînes-bissac, ça allait être compliqué.

— Il se dit qu'elle vient du duché de Bar et qu'elle ne se sépare jamais d'un étendard blanc à fleurs de Lys.

— Ils portent presque tous des bannières…

Elle pesta, bien sûr qu'ils allaient la reconnaître ! Elle ne savait pas comment, mais c'était certain. Une envoyée de Dieu, du Diable, du Dauphin, ou des trois à la fois, ne pouvait pas passer inaperçue dans un petit village de la Loire.

— Elle a tombé Orléans à elle toute seule alors, casquée ou non, j'imagine qu'elle sera acclamée par tous, ça va être un tonnerre de bruits !

— Pas sûr…

— Y compris par les autres chevaliers !

— Pas sûr…

— Ne fait pas ton bizoret[11], les religieux feront sûrement double dose de courbettes, on ne pourra pas la manquer !

— Ouais… peut-être, mais pour le moment moi je n'ai rien vu de tout ça. Il est aussi possible qu'elle n'existe pas vraiment, comme l'a dit le Sénéchal. Que tout ça ne soit que des histoires pour motiver les troupes.

---

[11] Idiot

– Il n'y connaît rien le Sénéchal. Moi je sais qu'elle existe et qu'on va bientôt la voir !

Tous les yeux étaient braqués sur le pont et l'entrée de la ville. Elle allait bientôt arriver, pour la jeune brayaude c'était une certitude.

Le soleil avait fini par se coucher bien au-delà de l'horizon. Florie et Adelphe étaient restés jusqu'à bord de nuit. Au village, les festivités de la Saint-Jean[12] allaient commencer mais ni elle ni lui n'avaient l'autorisation de rester. Comme chaque année pour honorer le Baptiste, les feux seraient embrasés à tous les endroits surélevés et le son des ménestrels s'entendrait à cent lieues. C'était une fête de joie et de communion, même si pour tous les chevaliers il ne s'agissait que d'une parenthèse entre deux batailles. Sur le chemin du retour, dans l'obscurité, le silence s'était acoquiné à l'amertume. Le temps d'été était venu pourtant le ciel grondait. Florie avait tant espéré que la déception était à hauteur. Elle aurait aimé la voir, la toucher, la respirer, lui parler de sa mère qu'elle n'avait pas connue et qui pourtant lui manquait. Elle aurait forcément écouté, compris et sans doute éclairé. Mais de tout ça, rien ne s'était passé. Le pire, c'est qu'elle était peut-être

---

[12] Fête du solstice d'été et de la naissance de Saint Jean-Baptiste. Depuis le VIe siècle elle est célébrée six mois jour pour jour avant Noël, soit le 24 juin.

venue sans qu'ils ne la reconnaissent. Ils étaient loin et nombre de chevaliers portaient des casques qui leur masquaient tout ou partie du visage. Les traînes-bissacs disaient qu'elle avait le cheveu court, comme un garçon, et qu'on pouvait s'y méprendre, mais la vérité c'est que personne ne savait vraiment à quoi elle ressemblait.

Elle se remémorait quatre cavaliers qui montaient des destriers blancs harnachés de rouge. Ils avaient franchi le pont au trot sans saluer quiconque ni même ralentir l'allure. Ils évoluaient dans une sorte de protection en T inversé. Le premier affichait la bannière d'un ordre mendiant franciscain, les deux derniers évoluaient en retrait à même hauteur et semblaient surveiller que personne ne vienne de côté. C'est celui du milieu qui avait attiré son attention. Plus fin que les autres, il portait une armure blanche argentée et arborait un foulard bleu au bras. Avant d'entrer dans la cour du Sénéchal, ces quatre-là n'avaient pas provoqué les courbettes habituelles des religieux. C'est là que Florie y avait pensé. Peut-être pouvaient-ils voir d'un mauvais œil une sorcière envoyée par le Dauphin et qui empiétait sur leurs prérogatives divines. La coutume la plus usuelle pour ce genre d'inspiration était le bûcher. Comme elle était légitimée et armée par plus fort qu'eux, ils devaient se tenir, mais de là à la saluer c'était sans doute trop demander. Derrière eux s'étaient présentés le Duc d'Alençon et maréchal Gilles de Rai. Tout le monde les connaissait pour leurs faits d'armes contre les Anglo-Bourguignons. Ce qui avait surpris c'est qu'ils étaient passés très près des franciscains, comme s'ils assuraient eux-mêmes leur protection. Cette idée lui revint alors qu'ils arrivaient aux écuries, mais c'était trop tard et elle ne connaîtrait probablement jamais la réalité.

Un immense feu constitué de ballots de paille séchée éclairait l'entrée des entraves. Le père s'agitait de long en large sous le halo des torches. Un peu plus tôt, des écuyers militaires lui avaient porté trente destriers, qui piétinaient et rabrouaient accrochés en petits îlots dans une odeur de purin frais. Florie ne s'attendait pas à en trouver autant. Ils allaient gagner beaucoup d'argent avec ça et même si le père paraissait énervé, elle savait qu'il en était ravi.

– Tu m'avais dit que tu rentrerais avant la nuit, furent ses premiers mots !

– On a attendu pour voir la sorcière !

– Et vous l'avez vue ?

– Non, répondit-elle avec amertume.

– C'est de la foutrerie toute cette histoire, venez plutôt me donner un coup de main.

Florie n'avait jamais approché de destriers si beaux et entretenus. Leurs pattes étaient aussi larges que celles de leurs lointains cousins de traits et leurs poils si luisants qu'ils semblaient peints. Ils faisaient penser à des animaux d'apparat, pourtant les nombreuses cicatrices qui maculaient leur pelage témoignaient de la dureté de leur quotidien.

– Aidez-moi à retirer les selles, on va les rentrer pour la nuit.

– Tous ?

– Oui. Après on les brossera.

– Ils vont être serrés…

– Peu importe, tu as vu le ciel ? Il va tomber des pierres du moulin, je ne veux pas qu'ils attrapent la mort chez moi. Et puis avec tous ces étrangers qui sont venus, je suis sûr qu'il y a des robaïres qui traînent.

– D'accord.

– Je vais resserrer les stalles[13], occupez-vous des selles.

Adelphe souffla en regardant le nombre à défaire. Il y en avait au moins pour une heure de travail.

– Allez, tu ne vas pas te faire prier…, dit Florie, consciente qu'il aurait sans doute préféré une fin de journée plus agréable avec elle. Tu vas épouser la fille du Faure, alors tu peux bien te rendre utile.

Ça, elle savait toujours le lui rappeler quand ça l'arrangeait. Avant de commencer, elle décrocha l'une des torches pour voir les animaux de plus près.

---

[13] Emplacement occupé par un cheval délimité par des séparations

Des colosses, ils la dépassaient de plusieurs pieds, pourtant, devant elle, leur regard était craintif. La plupart avaient été saignés, sans doute plusieurs fois. Elle détestait cette technique qui consistait à vider les chevaux d'une partie de leur sang, pour les purger d'une alimentation trop riche lors des périodes de repos et éviter qu'ils deviennent incontrôlables. Les animaux se débattaient à l'effroi, hennissaient à la mort et parfois en mouraient. Elle détourna les yeux des marques de supplice et reconnut facilement tous ceux qu'elle avait vus dans l'après-midi. Elle avait l'œil pour ça. Mais c'étaient quatre en particulier qu'elle cherchait. Quatre destriers blancs avec des harnais rouges de franciscains. Attachés sur le même piquet, sous le chêne chenu, elle ne tarda pas à les trouver.

Les bûchers avaient fini par se consommer en plongeant progressivement la campagne dans un noir sans relief. À l'intérieur, le père avait allumé deux caleils[14] suspendus et trois torches pour garder une luminosité presque comme un plein jour.

– Tu es bien sûre de toi ?

– Oui, Papa !

Après une rapide inspection des chevaux franciscains, elle avait remarqué que les étriers de l'un d'eux étaient bien plus relevés que les autres. À hauteur, elle estimait que le cavalier devait mesurer moins de cinq pieds, soit à peu près sa taille. Dans sa vie, elle n'avait pas croisé beaucoup de chevaliers, mais elle était certaine qu'aucun ne mesurait la taille d'une femme.

– Les traînes-bissacs racontent que lorsqu'elle mène ses troupes à la victoire la sorcière brandit une bannière bicorne immaculée et semble dans un état proche de la démence.

– Oui, je le sais ça, répondit le père.

---

[14] Lampe à huile rudimentaire du moyen-âge

— Ils disent que sur cette bannière il y a une vierge et un ange, des fleurs de lys ainsi que l'inscription « Jésus Maria ».

Le père observa à nouveau la selle qu'il avait entre les mains. Tout y était. L'inscription en lettres d'or de chaque côté, les fleurs de lys, et à l'arrière de la bricole la Vierge et l'ange.

— Il est évident que c'est sa selle, dit Florie avec assurance !

— Et si c'est sa selle… c'est son cheval, compléta Adelphe.

Tous les trois se tournèrent en même temps vers le destrier. Perturbé par cette simultanéité de regards celui-ci s'arrêta subitement de manger et leva la tête à son tour. Ce sont eux qui baissèrent les yeux. Après tout c'était possible, la sorcière était dans la région, elle pouvait très bien venir passer la nuit au village avant de poursuivre au nord. Et si c'était le cas, on avait tout naturellement porté son cheval au meilleur Faure pour la nuitée.

— Bien, bien…, je vous crois tous deux, dit-il doucement pour ne pas être entendu du cheval.

Restait à savoir ce qu'il devait faire de cet animal béni ou maléfique et qui semblait tout écouter. Après quelques instants, rassuré qu'on ne le regarde plus, celui-ci baissa la tête et reprit son repas là où il s'était arrêté.

– On va le mettre à l'abri, souffla le père. Et lui faire un encart plus grand que les autres pour qu'il soit à son aise.

– Papa, c'est un cheval, ce n'est pas lui qui est important mais elle…

– Et qu'est-ce que tu en sais ?

– Ben… ! répondit-elle en écartant les bras.

– Ben oui, tu n'en sais rien ! Peut-être que ce n'est pas elle qui l'a choisi, mais lui, et qu'elle s'est juste assise dessus.

– Papa… !

– Ce n'est pas un cheval ordinaire. Il sait des choses qu'on ne sait pas, alors on se doit de le soigner mieux que quiconque.

*****

Une heure plus tard, les torches s'étaient consumées. Il ne restait plus qu'un fond d'huile dans les caleils si bien que l'obscurité avait pris possession de la plus grande partie de l'espace. D'un côté de l'écurie le père avait écarté les stalles de façon à donner au destrier un espace de plus de sept pieds alors qu'autour de lui ses congénères étaient serrés flanc contre flanc. Avec un escoubier[15] de branchages il avait balayé la terre battue pour s'assurer qu'il n'y ait

---

[15] Genre de balai.

pas de ténias, puis devant le regard ébahi de sa fille, il lui avait apporté quelques morceaux de cornus[16] et des fruits frais.

— Allez-vous reposer tous les deux, ordonna-t-il, je vais rester là pour surveiller.

De sa poche il sortit un petit crucifix en bois. Florie ouvrit à nouveau de grands yeux.

— Papa…, ce n'est pas nécessaire !

Il ignora l'objection et le cloua sur le mur juste à côté de la tête du destrier qui le regarda faire en mâchouillant une pomme.

— Avec ce qui est inscrit sur sa selle, elle n'est sûrement pas sorcière, mais sainte !

— Et alors, on n'est même pas croyants…

— Nous, non. Mais lui oui !

— Mais papa… c'est un cheval !

— Et alors ?

— Les animaux ne perçoivent pas Dieu !

— Il transporte une sainte. Tu crois vraiment qu'elle l'aurait choisi si ce n'était pas le cas ?

Florie trouvait l'attitude de son père tellement ridicule qu'elle ne sut pas quoi objecter pour le raisonner.

— Moi je trouve ça très bien, ajouta Adelphe.

Le regard qu'elle lui porta l'incita à ne pas poursuivre.

---

[16] Du pain.

Florie dormait au-dessus des écuries sur un tas de foin qu'elle remplaçait chaque saison. Un espace qu'elle s'était aménagée enfant et où personne n'avait le droit de monter sans son accord. C'était le meilleur endroit de la bâtisse. À l'hiver la chaleur dégagée par les chevaux y rendait la température confortable et à l'été elle décrochait quatre planches de chaque côté pour lui donner de la fraîcheur. Son père dormait en dessous à même le sol, plus ou moins près des chevaux en fonction de la saison. Après leur folle journée, Adelphe était rentré chez ses parents, en retard comme toujours. Elle eut du mal à trouver le sommeil. Les images de l'après-midi repassaient dans sa tête. Le sentiment d'avoir eu raison avec les franciscains et d'être passée proche de le comprendre. Peut-être que la sainte viendrait elle-même chercher son destrier le lendemain et qu'elle pourrait la voir. Elle s'endormit sur cette idée positive.

Son repos fut de courte durée. Un bruit de tonnerre vint du dessous. Des hennissements suivis de mouvements désordonnés. Visiblement son père déplaçait les chevaux et ça ne leur plaisait pas. Ça dura longtemps, suffisamment pour qu'elle perde toute espérance de se rendormir. Quelques minutes plus tard lorsqu'elle descendit l'échelle en bois, tout était redevenu silencieux. Il ne restait plus qu'un filet de lumière assuré par un caleil à la flamme contrariée. L'écurie n'allait pas tarder à être plongée dans le noir. Assis derrière ses outils de ferronnerie le père ronflait. Elle eut envie de lui crier dans les oreilles que grâce à lui ce n'était plus son cas, mais ne put s'empêcher de rire en voyant la raison du vacarme. Tous les chevaux étaient maintenant regroupés du même côté, ce qui laissait l'intégralité de l'espace opposé à celui de la sainte. Probablement avait-il fini par penser que les sept pieds ne suffisaient pas et qu'aucun destrier ne devait se trouver à sa hauteur. Il avait également posé sur lui une couverture en laine de confort et contrairement aux autres, l'animal ne dormait pas. Visiblement conscient de ce traitement privilégié, il l'observait fièrement. Elle s'approcha pour lui caresser la tête. Il se laissa faire sans la lâcher du regard. Il y avait quelque chose de triste et de profond dans ses yeux. Le père avait peut-être raison, il ne semblait pas tout à fait normal cet animal… Après un moment, elle se blottit contre lui. Il sentait bon. Elle aimait l'odeur des chevaux. Depuis aussi longtemps qu'elle s'en souvienne c'est celle qui lui était la plus familière. Peut-être parce qu'elle était née là, dans le foin, à même l'écurie. Par malheur, sa mère était également partie ce jour-là. Elles n'avaient été ensemble au monde que quelques instants avant qu'elle ne rende son dernier soupir. Son père lui avait raconté mille fois que durant ce court laps de temps elle lui avait offert le plus beau des regards d'amour. De cette triste nuit de décembre, il ne restait rien d'autre qu'une trace rougeâtre sur le sol, jamais effacée pour ne pas oublier. Florie s'était construite avec ce manque, cette tâche, un père rougeaud et des compagnons équins qui avaient remplacé un peu l'amour maternel qu'elle n'avait jamais connu.

En brossant le flanc du destrier, elle remarqua qu'il n'avait pas les stigmates de combats que présentaient les autres. Elle s'interrogea sur cette absence de marque. La sainte participait-elle réellement aux combats ? Ou alors était-elle si bien protégée par Dieu que les flèches et les coups d'épée ne l'atteignaient pas ? Elle le brossa, plus énergiquement encore, en faisant des arcs de cercle de l'avant vers l'arrière pour accroître son plaisir. Au bout d'un long moment, il finit par s'endormir. « Eh ben, il t'en faut beaucoup à toi » murmura-t-elle à son oreille.

Elle sortit sans faire de bruit. La lune était pleine et le ciel si étoilé qu'on y voyait presque comme en plein jour. Elle monta sur la butte et s'assit pour scruter le village au loin. Il restait encore plusieurs lumières. La Saint-Jean était toujours une nuit particulière. La bâtisse du Sénéchal était également éclairée. Peut-être que la sainte y contait ses exploits devant une foule attentive. Elle les imaginait tous réunis autour, buvant chacun de ses mots. Elle s'allongea, le regard tourné vers les étoiles. Cette nuit-là elles lui paraissaient plus basses qu'à l'accoutumée, ou alors c'est peut-être elle qui en était plus proche. Rapidement elle ferma les yeux.

Elle se réveilla aux lueurs de piquette. Combien de temps était-elle restée là ? Elle n'en avait aucune idée. Si le premier rayon de soleil passé au-dessus de l'horizon n'était pas venu se cogner sur son visage, elle aurait pu dormir toujours. Quelques larmes de sommeil s'échappèrent de ses yeux. Au loin bêlements et cloches résonnaient en ordre dispersé. La vie suspendue le temps de la fête reprenait son cours. Les étoiles avaient déjà toutes été gommées par un ciel azur qui promettait d'être sans partage. Seule l'étoile du Berger scintillait encore mais son père lui avait expliqué cent fois que ça n'en était pas vraiment une[17]. Elle n'avait jamais bien compris pourquoi cependant c'était le signal de la sortie des troupeaux et ça, elle en était certaine. Elle resta assise en tailleur à contempler les beautés de la vie, même si elle n'était pas très croyante, dans ces

---

[17] L'étoile du Berger n'est pas une étoile mais une planète, Vénus, la plus proche de la Terre. Elle est très lumineuse à l'été au levant et au couchant. Au Moyen-âge elle était le signe pour les bergers de sortir ou de rentrer leurs troupeaux, d'où son nom.

moments-là, elle avait du mal à rejeter complètement l'idée.

Elle entendit un grincement dans son dos. Suivi de hennissements plaintifs. Elle se retourna. La porte des écuries était ouverte. Elle sauta au sol et rentra rapidement afin d'empêcher le père de déménager à nouveau tous les chevaux ou bien d'utiliser leur eau de jasmin pour masser le destrier.

À l'intérieur, elle se trouva instantanément dans une demi-pénombre que seuls venaient contrarier des espaces dans les palis de bois. Elle longea les stalles jusqu'à son père et le trouva en train de dormir paisiblement. Le bruit ne venait pas de là. Subitement elle distingua un autre bruit, juste derrière elle, semblable à un éperon frottant une cuissarde. Sans se retourner elle décrocha une fourche du mur. Une ombre, bien plus qu'une forme, se faufilait au milieu de l'écurie.

– Qu'est-ce que vous faites là ?

Elle avait élevé la voix pour paraître plus âgée qu'elle ne l'était et pour réveiller le père. Dérangé par le son, celui-ci ne répondit que par un ronflement plus appuyé. Florie s'écarta de la lumière pour mieux percevoir ce qui se dissimulait dans l'obscurité. L'ombre s'était arrêtée et la regardait sans rien dire.

– Attention, nous sommes deux ici ! lança-Florie avec assurance.

Nouveau ronflement du père derrière elle. L'ombre inclina la tête pour jauger l'état de la menace. Au bout de quelques instants, elle rit. Un rire d'enfant qui troubla Florie. Elle voulut la menacer à nouveau, mais ne le fit pas. L'ombre tenait une selle qu'elle avait décrochée du mur et surtout, une épée sur la hanche gauche.

— Pourquoi mon cheval est à l'écart ? demanda l'ombre lorsqu'elle eut fini de rire.

Il se passa un temps avant que Florie ne réponde à cette question.

— C'est…, c'est votre cheval ?

— Oui.

Un rayon de soleil traversa l'une des ouvertures et vint dessiner une ligne de lumière bleutée au centre de l'écurie.

— Les autres sont serrés et le mien est seul de ce côté. Il a fait quelque chose de mal ?

— Non…

Florie ne parvenait à distinguer qu'une silhouette fine. À chaque mouvement de hanche son épée faisait un bruit métallique contre son fourreau.

— Parce qu'il peut mordre parfois. Il a très mauvais caractère.

— Non, non ce n'est pas ça. C'est juste… une idée de mon père.

Réagissant inconsciemment à l'intonation du mot « père » dans la bouche de sa fille, celui-ci grommela à nouveau.

– C'est lui, reconnut Florie !

– J'avais compris…

L'ombre s'avança vers elle et s'arrêta à quelques centimètres de la bande de lumière.

– Pourquoi ton père a-t-il fait ça ?

La douceur de sa voix portait des accents comme Florie n'en avait jamais entendu. L'explication n'était pas évidente. Elle décida de se jeter à l'eau, le ridicule n'était pas un péché, il ne tuait pas non plus.

– On dit, par ici, et ailleurs, que vous êtes…, que vous êtes une sainte ! Une sainte… envoyée par Dieu, pour nous débarrasser des Bourguignons et des Anglais.

– On dit ça ?

– Oui. Ou parfois une sorcière aussi, regretta-t-elle immédiatement.

L'ombre rit à nouveau. Elle mit quelques secondes avant de répondre.

– Je ne suis pas une sainte.

La silhouette avança d'un pas pour se trouver maintenant en pleine lumière.

– Ni une sorcière !

Florie ouvrit de grands yeux. Cela dépassait tout ce qu'elle avait pu imaginer…

Florie se l'était représentée mille fois, ça n'avait pas été très difficile. Elle s'était inspirée des idolâtries qu'elle voyait à l'église et des descriptions des saints du passé qu'en faisait régulièrement le prêtre ; des êtres flamboyants, en habits de lumières et le plus souvent coiffés d'une auréole qui lévitait au-dessus de leur tête. La vérité, c'est que le prêtre n'y connaissait rien. Elle n'avait ni auréole ni habits de lumière, c'était bien plus que cela.

Elle était face à elle. Une jeune femme, élancée, un peu plus grande que la moyenne. Elle portait une cotte de cuir attachée par des sangles d'argent, le col haut, une braie[18] d'homme, des bottes surmontées de cuissardes brillantes et une épée à la hanche. Ses cheveux roux feu, légèrement ondulés, descendaient jusqu'à ses épaules. Son visage était fin, saupoudré de quelques taches de rousseur, et son regard noir pétillait d'intelligence. Florie n'avait jamais vu une femme aussi belle !

— Je ne suis pas une sainte, répéta-t-elle.

---

[18] Un pantalon

– Pourtant… on le dit, balbutia Florie.
– Je sais.
– Comment vous appelez vous.
– Je m'appelle Jehanne. Et toi ?
– Florie.
– C'est joli Florie. J'aime.

Il y eut eu un silence. Elles se regardèrent sans qu'aucune ne baisse les yeux. Florie, d'habitude bavarde et impertinente, n'osait pas parler.

– Et ce qu'on raconte sur moi, on le dit aussi pour mon cheval ?

– Non, répondit-elle en riant, ça c'est juste une idée de mon père ! Il n'est pas tellement bigot vous voyez…, alors il a voulu se rattraper un peu.

– Il n'a pas de souci à se faire avec moi. Les curés eux non plus ne croient pas beaucoup.

– Ah bon ?

– Non. Tout ceci les dépasse. Veux-tu m'aider à le harnacher, lui demanda-t-elle en montrant la selle qu'elle avait à la main.

– Oui, bien entendu.

Pour la fixer, les deux jeunes femmes se placèrent de chaque côté du destrier. Jehanne prit un morceau de pomme dans la mangeoire qu'elle croqua avec appétit. Elles devaient avoir à peu près le même âge, à un ou deux ans près, et ça aussi Florie ne l'avait pas imaginé.

– Ta mère n'est pas là ?

– Non.

Sous la poitrine du destrier, elle lui tendit la sangle de la bricole qu'elle fixa d'un geste sûr.

– Pourquoi ?

– Ma mère est morte.

Jehanne s'arrêta de seller et la fixa à nouveau.

– Morte ?

– Oui.

– C'est pour ça que ton père ne croit plus ?

– Je pense qu'il n'était déjà pas très croyant avant, mais ça ne l'a pas incité. Moi non plus d'ailleurs, avoua-t-elle un peu honteuse.

– Comment ça s'est passé ?

Florie n'avait jamais vu une telle expression de douceur. C'était comme s'enrouler sous une couverture un matin d'hiver. Le flux de mots provoquait un apaisement dont elle n'avait pas conscience. Parler de sa mère la faisait revivre.

– C'était en me donnant la vie, pas très loin de là où vous vous tenez.

– Ici ? demanda Jehanne en s'écartant.

– Oui.

Il y eut un lent silence. Les larmes de Florie se mirent à couler.

– Elle me manque.

– Le manque prend parfois beaucoup de place.

Envahie par l'émotion elle ne put répondre que par un mouvement de la tête.

— Lorsque tu es née, ta mère a-t-elle pu te regarder ?

Personne ne lui posait jamais cette question, aussi elle pensa que pour le tout-puissant cela avait peut-être de l'importance.

— Mon père m'a dit que oui. Quelques instants seulement.

Dans le sourire de Jehanne elle prit conscience de la valeur de ces instants-là.

— Je sais que c'est difficile à comprendre, mais en te donnant la vie ta mère a atteint la félicité. Il n'y a pas de moment ou une femme peut se sentir aussi proche de Dieu. Lorsque sur tes yeux ouverts elle a fermé les siens, elle vivait à la fois le plus grand bonheur de sa vie et le départ vers son créateur. Elle est morte dans la plénitude de ce qu'elle réalisait de mieux, toi, c'est une certitude.

Cette fois Florie fondit en larmes. Jehanne la laissa pleurer sans la lâcher du regard.

— Ta mère est dans la lueur qui brille en toi. Tu es son ombre portée. Dans tes soupirs, dans tes joies, dans tes peines, elle est bien plus présente que tu ne l'imagines. Lorsque ton heure sera venue, tu la retrouveras, mais en attendant tu lui dois de magnifier le cadeau qu'elle t'a fait en t'offrant vie. Nous sommes tous unis, nous ne formons qu'un.

Florie essuya ses larmes et tenta de sourire à nouveau. C'était difficile.

— Le prêtre m'a dit ça également.

— Les curés ne disent pas que des bêtises, répondit-elle en levant les yeux, même s'ils en disent…

Lorsqu'elles sortirent de l'écurie, le soleil avait définitivement choisi son camp. Le destrier semblait nerveux, peut-être regrettait-il déjà de quitter cet endroit agréable. Un chevalier en arme, bardé de médailles et le casque à la main attendait sans avoir posé pied à terre.

— C'est un ami à vous ?

— Il s'appelle La Hire, c'est un capitaine, il va m'accompagner jusqu'à Troyes.

— Pourquoi allez-vous là-bas ?

— Pour tenter de négocier avec les Bourguignons avant que nos troupes n'encerclent la ville et que les sangs ne coulent à nouveau.

— Pourquoi les Bourguignons veulent la guerre ?

— Oh, ils ne la veulent pas plus que les Armagnacs…

Florie ouvrit de grands yeux.

Beaucoup de gens sont noirceur. La guerre ne tue pas seulement les hommes, elle tue aussi l'âme des hommes. Pour les ducs et les princes, elle est attrayante car elle donne un sens à leur vie, les valorise, dessine leur légende, alors que la paix est terne. Les convaincre de l'inverse est difficile car personne ne se souvient des souverains qui n'ont pas remporté de batailles.

– Comment pouvez-vous faire alors ?

– Je vais leur proposer quelque chose d'inestimable qu'ils ne pourront pas refuser ! répondit-elle avec un clin d'œil.

Florie ne voyait pas très bien ce qu'une simple jeune femme pouvait proposer de précieux à des Puissants.

– En échange de la paix, leur place au paradis !

– Mais…, je pensais que vous n'étiez pas sainte ?

– Je ne le suis pas, sourit-elle en lui adressant un autre clin d'œil. Personne ne l'est, même pas mon cheval, mais eux ne le savent pas.

Les deux jeunes femmes se mirent à rire. Jehanne descendit l'étrier gauche, posa sa botte à l'intérieur et se hissa. Ses cheveux roux ondulant dans la brise matinale lui donnaient une allure de feu. À cette hauteur, Florie la trouvait encore plus impressionnante.

– Vous avez une famille ?

– Bien sûr.

– Elle ne vous manque pas ?

– Mes frères Nicolas et Jean sont ici avec moi. Lorsque Charles sera sur le trône, nous retournerons près de nos parents et les curés pourront à nouveau prier tranquillement.

— Merci.

— Merci… de quoi ?

— Pour tout ce que vous faites pour nous.

Elle sourit et se contenta de répondre en lui montrant le ciel. Le destrier fit un tour sur lui-même en hennissant de plaisir avant de revenir à son point initial.

— Je vous reverrais ?

Jehanne se baissa à sa hauteur pour serrer sa tête entre ses mains et l'embrasser sur le front.

— N'oublie pas Florie, nous ne faisons qu'un ! Alors bien sûr que nous nous reverrons.

Florie sourit jusqu'aux oreilles.

— Pour que tu me présentes ton père, qui s'est aussi bien occupé de mon cheval !

— C'est une promesse ?

Elle hésita un moment, la regarda à nouveau.

— Très peu me suffit, mais ce peu doit être sincère, alors oui ça en est une !

Il y avait du bonheur dans les yeux de la petite brayaude.

— Sois forte Florie. Je suis certaine que ta mère est fière de qui tu es.

Elle caressa sa joue avec tendresse puis, d'un coup d'éperon retenu donna le signal attendu par le destrier. En quatre foulées, il rejoignit celui du capitaine. Jehanne échangea quelques mots avec lui. Elle regarda une dernière fois vers Florie, sourit à nouveau, puis, derrière le vieux portail recouvert de lierre, ils disparurent tous les quatre.

Le père eut du mal à croire. Ce n'étais pas dans sa nature. Surtout qu'il avait besoin de Florie pour s'occuper des chevaux de la garnison et que celle-ci était restée toute la journée dans une sorte de béatitude oisive. Au-delà de sa rencontre ce sont les mots de Jehanne, ses sourires, ses attitudes, qui l'avaient bouleversée. Elle n'était restée qu'un court moment, mais Florie avait le sentiment que ce moment contenait tout un monde. Et aussi la certitude qu'elles se reverraient, un jour.

Quelques mois plus tard, encouragée par le Sénéchal, elle était allée raconter au prêtre. Pour confesse, dans un premier temps, mais surtout pour qu'il mette par écrit tout ce que lui avait dit la sainte et ce qu'elle en avait compris. Pour garder trace. Elle pensait qu'un jour, certains peut-être s'intéresseraient à elle[19]. À confesse, elle avait été condamnée

---

[19] Au XIVe siècle dans les villages la plupart des gens étaient illettrés. Moyennant finances, les religieux exerçaient office pour dresser actes légaux et écrits. Ils tenaient également les archives des villages et les actes de succession.

à deux heures de prière couchée en croix face contre terre devant l'autel, pour ne pas être venue depuis quatre ans. Pour la rédaction, ça avait été plus compliqué. L'ecclésiaste avait commencé par rappeler à la jeune paysanne que l'adoration de fausses idoles était condamnée par le Deuxième Commandement des Tables de la loi au châtiment suprême.

– L'adoration, peut-être… admit Florie, mais le témoignage, non ?

Après recherche et concertation avec ses pairs, celui-ci dut reconnaître que rien ne l'interdisait ni ne l'encourageait. Il prêta sa plume moyennant rétribution, comme le voulait la tradition. Quatre pages noircies, écrites en petits caractères, que Florie conserva près d'elle toute sa vie. Mais ce que ni elle ni le prélat n'imaginaient, c'est que ces modestes feuillets finiraient, bien des années plus tard, dans l'un des endroits les plus luxueux du monde chrétien.

La sainte ne tint pas sa promesse. Jamais elle ne revint voir la petite brayaude ni son père.

Il ne se passa pas un jour sans qu'elle ne repense à ce matin de Saint-Jean où le ciel lui avait envoyé son ange ! De temps à autre elle entendait les cacanajes des traînes-bissacs, sur sa capture à Compiègne, sa condamnation à mort par les religieux, ses trois bûchers successifs afin qu'il ne reste aucune poussière. Des sornettes auxquelles elle ne crut jamais vraiment.

Comme elle l'avait prédit, le Dauphin roi de Bourges fut à Reims couronné Charles VII roi des Français. Dans la gloire, Florie avait imaginé Jehanne rentrant avec ses frères vers le duché de Bar, pour éclairer d'autres chemins, mais en oubliant la petite paysanne du Pays de Loire. Jamais elle ne lui en voulut. Toujours elle espéra. Mais l'ange ne revint pas à sa porte.

Signature « originale » de *la sainte* sur une lettre adressée aux habitants de Reims en mars 1430.

« Jeanne » est une modernisation des prénoms « Jehanne » ou « Johanne ».

Son père s'appelait d'Arc (écrit Darc), mais comme elle le déclare lors de son procès mené par l'évêque Cauchon, dans son pays les filles portaient le nom de leur mère. La sienne s'appelait Isabet de Vouthon (le village de Vouthon se trouve à 5 km de Domrémy). Sur ses actes d'accusation, le nom de Johanne de Vouthon est le plus couramment utilisé.

Accusée par les autorités ecclésiastiques d'être « schismatique, apostate, menteuse, devineresse, suspecte d'hérésie, errante en la foi et blasphématrice de Dieu et des Saints », elle fut condamnée au bûcher et livrée au bras séculier. Le nouveau roi Charles VII ne demanda pas sa grâce.

La sentence fut exécutée place du marché à Rouen le 30 mai 1431.

Frank Leduc est un écrivain français dont les œuvres se classent dans la catégorie thriller, thriller historique et roman d'anticipation.

Son premier roman *Le Chaînon manquant* remporte le Grand Prix Femme Actuelle en 2018. Il est suivi de *Cléa* (2019, nominé Prix des mines noires) et de *La mémoire du temps* (2020), tous trois publiés aux éditions Les Nouveaux Auteurs, Prisma Média et Pocket.

Blackbird

Rosalie LOWIE

Plus ses mains serraient le cou, plus elle manquait d'air. Pourtant elle pressait à s'en rompre les phalanges, à s'en éclater les articulations. Le dénouement si proche s'éloignait. À peine croyable. Ses doigts se ramollissaient. Ses os se liquéfiaient. L'énergie lui manquait. La détermination aussi. Ses poumons se vidaient inexorablement. Sa concentration vrillait.

La respiration coupée, elle allait mourir asphyxiée alors qu'elle tentait de l'étrangler. Mais en vain, ses forces l'abandonnaient. Ça n'était pas juste. Pas si près du but.

Soudain, elle ne tint plus, relâcha sa prise au moment où sa bouche se décousait. L'oxygène salvateur s'engouffra. Reprenant son souffle, elle eut la sensation de s'extraire d'une intense léthargie. Ou du fond de l'eau. En éclaboussures de vie. Survivante d'un monde de douleur.

Haletante, elle entrouvrit une paupière, puis l'autre. Ses esprits engourdis mélangeaient tout, balayant la brume, l'incompréhension et l'atroce vision qui l'obnubilait. Il y a encore peu, elle était en train de le tuer.

– C'est flippant ? fit une petite voix.

Vic grimaça en écarquillant les yeux. Elle perdait les pédales. Elle n'imaginait pas d'autres raisons à ces hallucinations.

Elle se redressa sur le lit.

– Les cauchemars. C'est flippant tellement on s'y croit. Trucider ou bien être trucidé. Je ne sais pas ce qui est le plus angoissant.

Elle enfonça ses ongles dans le gras de la peau du bras. Profondément. Il lui fallait en avoir le cœur net. Mais la douleur instantanée engendra une rage désespérée.

– Ça y est, je déraille, gémit-elle. J'ai trop picolé hier soir, je suis en plein delirium tremens. Je vais bientôt grelotter de partout.

– Pas de panique. Ce ne sont pas deux verres de vin qui te font halluciner…

– Si, si, bredouilla Vic avec aplomb. La situation n'est pas normale. Je ne peux pas te parler. *Impossible*. Ni d'ailleurs, toi ! Tu ne parles pas. *Non*, tu ne parles pas. Oh punaise… Je perds la tête !

– Il est vrai qu'en temps normal, entretenir une discussion comme nous le faisons à l'instant tient de l'ordre de l'improbable.

– Non, non ! s'insurgea-t-elle.

Elle secouait la tête. La folie devait s'extirper de son crâne.

– Logiquement, tu ne parles pas, tu chantes !

– Exact. L'un des plus beaux chants d'oiseaux, à ce que disent les ornithologues, fins connaisseurs en la matière. Une sacrée gamme de vocalises. Je suis assez fier de moi.

En plus d'être face à lui, voilà qu'à présent, il fanfaronnait. D'une main, elle se tâta le front. Ni température ni fièvre. Néanmoins, un truc se passait. Forcément. Une mauvaise farce se jouait sous ses yeux, qui avait pris la forme d'un merle noir. Un jaune intense lui colorait le bec et cerclait ses yeux. Il sautillait pattes jointes sur le rebord de la fenêtre ouverte. Elle secoua la tête de désarroi.

– Bon ça suffit ! ordonna-t-elle. Dégage de ma vue, cloporte ! Cette comédie a assez duré. Je suis saine d'esprit et, bien sûr, je ne discours pas avec un oiseau de malheur.

– Je ne suis pas un corbeau, mais un merle ! corrigea-t-il, vexé. Et puis, ça n'est pas moi qui tue mon père dans un cauchemar plus vrai que nature. Il ne faudrait pas inverser les rôles !

À ces mots, Vic sursauta. L'atmosphère oppressante de sa fin de nuit ressurgit. Ce terrible cauchemar où elle étranglait son père de toute la vigueur de sa rancune. Ce sale type qu'elle ne voyait plus depuis des lustres. Du jour où il les avait quittés, dans les cris et les larmes. Plantant là mère et enfants. Éplorés, dévastés, écœurés, enragés, désespérés. Choisissant une autre famille que la sienne. En un tour de passe-passe. Injustement. Elle soupira de rage cette fois et sauta du lit.

– Un café bien corsé. C'est ce qu'il me faut pour me remettre les idées en place. Tout ça va s'estomper. Pfuit ! D'un coup de baguette magique. Et je vais redevenir normale. Tout ce qu'il y a de plus *normale* !

– Hep, hep, hep ! s'agita le volatile en sautillant en crabe. Tu ferais bien de vérifier !

– Vérifier quoi ?

Puis réalisant qu'elle s'évertuait à dialoguer avec un animal, elle dressa des yeux las au plafond. Elle allait arrêter le massacre et faire comme si ce machin emplumé n'était pas là. L'ignorer était la meilleure tactique.

– Moi, si j'étais toi, je vérifierais. Il est bien connu que nous sommes annonciateurs de secrets. La symbolique du merle noir n'est pas un leurre, jeune fille. L'un de nos noms gaéliques, *Druid Dhubh*, signifie le druide noir. Pas mal, n'est-ce pas ?

Alors, tu devrais me considérer autrement. Un peu de respect.

— Oiseau de mauvais augure !

— Peut-être bien, qui sait ? Vérifie !

La tête de profil, son œilleton noir la fixait. Brillant, pénétrant. Angoissant. *Brrrr...* Elle frémit. Et s'il s'agissait bien d'un signe du destin ? D'une prophétie divine. Son père était mort et, pour une raison inexplicable, une force surnaturelle l'en informait. Le cauchemar plus vrai que nature, puis ce merle de malheur qui jacassait à son réveil. Elle était troublée, malgré son esprit cartésien, car gamine, elle se targuait de parler aux arbres, aux plantes et aux animaux. En fait, elle leur parlait plus qu'ils ne lui répondaient. Son univers onirique embellissait son enfance et nourrissait son imaginaire.

— Bon O.K. et, après, tu me lâches la grappe, claqua t elle.

Il tapota son aile sur son flan en signe d'assentiment.

Vic attrapa son smartphone, composa le numéro de son père et attendit. La sonnerie retentit plusieurs fois puis bascula en messagerie.

— Tu vois ! fit-elle, soulagée.

— S'il est mort, argua-t-il de son timbre de voix agaçant, c'est normal qu'il ne décroche pas.

Mouchée, elle lui jeta un regard furibond et composa un autre numéro. Celui de la seule personne (*de sa famille*) qui lui avait pardonné son infamie et entretenait toujours une relation père-fille avec lui. Sa plus jeune sœur, Mélusine. Une sainte, à l'empathie suintante, une vraie mère Teresa, mais sans l'encombrant engagement de son altruisme. Elle orchestrait ses missions administrative et logistique depuis son salon et son ordinateur au profit d'une ONG. C'était bien pratique, car une fois l'écran éteint, la compassion se mettait en sommeil. La conscience apaisée, elle s'enfilait des séries Netflix en s'empiffrant de fraises tagada.

Mais sa sœur ne répondit pas non plus. Elle laissa un message. Puis, d'un haussement d'épaules, fit mine de partir.

— C'est tout ? s'indigna l'oiseau. Pas coriace pour obtenir des réponses.

— En même temps, mon père « *ce zéro* », je n'ai que faire de savoir s'il est toujours de ce monde ou pas.

— Vraiment ?

— Il n'est déjà plus dans ma vie depuis dix ans. Alors, le savoir définitivement mort ou rayé de ma vie ne changera pas grand-chose.

— Pas sûr !

Il était terriblement agaçant avec son air de savoir tout sur tout. En même temps, l'envie la tiraillait. Savoir si ce truc de dingue (*qu'elle vivait depuis le réveil*) avait un semblant de fondement. Elle devait se l'avouer. Elle se résolut à appeler les autres membres de sa famille qui détestaient leur père bien plus qu'elle. Chacun avait ses raisons, bonnes ou mauvaises. Mais les raisons étaient vives, douloureuses à qui s'y attardait.

Sa mère décrocha.

Égale à elle-même, elle ne la laissa pas en placer une. S'épanchant sur tous les soucis qui jalonnaient son quotidien. Et l'absence de soutien de ses enfants. Des ingrats, malgré les années passées à les mettre au monde, l'un après l'autre. À les élever, les éduquer. À en baver. Vic laissa passer la tornade des premières tirades. Elle allait reprendre son souffle et, à ce moment-là, elle lui assènerait le coup de massue. Lui demander des nouvelles de son père et (*surtout*) si elle savait où le trouver. Car (*piteusement*) elle n'avait pas la moindre idée d'où vivait son père depuis qu'il les avait quittées. Elle ne s'en était jamais souciée jusqu'alors, cohérente avec elle-même.

Le débit de paroles de sa mère fléchissait. Arrondissant le dos, elle s'apprêtait à glisser sa question et à l'entendre hurler en écho. Pin-up en éclosion au moment de sa rencontre avec son futur mari, père de ses quatre enfants, elle estimait lui avoir sacrifié ses meilleures années, sa beauté et sa carrière. Alors forcément, quand il avait rompu avec perte et fracas, elle n'avait pas supporté. D'autant qu'il avait fait la une de Paris Match avec sa nouvelle conquête. L'affront était national. La spirale de la dépression l'avait engloutie les premières années. Elle ne devait son salut qu'à Joao, son coach de danse privé, grassement payé par la pension alimentaire (*à vie – papa avait beaucoup d'argent*) obtenue de haute lutte par son avocat. Depuis, elle oubliait l'affront et l'abandon sur des airs endiablés de bossa-nova, en tournoyant sur le dancefloor. Depuis peu, ils s'affichaient même à des concours et finissaient sur le podium. Elle rajeunissait à vue d'œil. La dernière marche était à leur portée et le trophée bientôt dans leurs mains. Et, puis, Joao était un amant merveilleux. Pétillant, coloré, enthousiaste, entreprenant, déluré, il l'emportait régulièrement au septième ciel, sur les ailes de l'albatros, depuis les hauts-reliefs du Corcovado, s'étourdir de plaisir, dans la baie de Rio de Janeiro (*malgré le regard réprobateur du Christ rédempteur*), planer vers le sud, au-dessus des eaux transparentes de la plage de Copacabana. « *Oh Joao… Joao…* », miaulait Vic en singeant sa mère quand elle parlait de lui, des bluettes dans les yeux et des chamallows pleins la bouche.

Soudain, une respiration s'invita dans la conversation. Vic bombarda la demande qui lui brûlait les lèvres.

– Quoi ? Ton père ? Victorine, ne me gâche pas la journée à me parler de cette ordure ! Ce crétin, ce vaurien, qu'il aille croupir en enfer…

— Maman, as-tu des nouvelles de papa ?

— Plutôt mourir que d'en avoir !

— O.K., fit-elle avec douceur. Sais-tu au moins où il habite ?

— Non.

— Je voudrais le voir.

— Pourquoi ?

— Tu ne veux pas savoir, j'en suis persuadée. Tu t'en fiches.

— Tu as raison. Je m'en contrefous. Il est sorti à jamais de ma vie. À ses funérailles, j'irai danser sur sa tombe avec Joao. Avec mes talons les plus pointus pour marteler le marbre funéraire, le fissurer et lui pourrir son repos éternel.

— Maman ! S'il te plait !

— Demande à Lulu, la scélérate.

— Elle ne répond pas.

Sa mère gloussa de désintérêt à l'autre bout du fil et mit fin à la conversation afin de s'en retourner dans les bras de son brésilien.

— Pas commode, compatit le merle noir.

Il s'ébroua sous la morsure délicieuse du soleil, se dégourdit un peu les plumes. La discussion trainait en longueur, il n'était pas coutumier du fait. Son truc était le chant. Tout le jour durant. Avec panache, surtout au lever ou au coucher du jour. Il sifflait, flûtait ou babillait à foison ses mélodies, rengaines ou improvisations. À merveille. Époustouflant les merlettes et autres amoureux de la nature.

— Elle n'a pas totalement tort, même si elle est une caricature maternelle. Tout le monde le déteste. Il est égoïste, égocentrique et…

— Et ?

— Rien.

Farfouillant dans son smartphone, elle refréna son amertume.

— Tu as un nom, oiseau de malheur ?

— Blackbird.

— Carrément ? s'extasia-t-elle, à deux doigts de se moquer. Comme la chanson des Beatles ? Prétentieux en plus d'être là à m'enquiquiner de bon matin.

— Bah, c'est juste mon nom. Tu n'es pas obligé de l'aimer.

— Quelque chose à voir avec le combat des noirs américains ?

— Aucun. Je ne suis pas anglais, non plus. Tout comme tu n'es pas Victorienne pour deux sous, malgré ton prénom. N'est-ce pas ?

— En effet…

Elle s'assombrit, piquée à vif par ce merle moqueur, puis composa le numéro de son autre sœur, Capucine, sans se faire trop d'illusion. Néanmoins, elle continuait sa quête de vérité. Avait-elle basculé dans la folie emplumée de ce matin détonant et définitivement perdu les pédales ? Peut-être n'était-ce qu'un second cauchemar, insidieux, ourdissant son poison au compte-goutte. Elle tenta une nouvelle fois de fermer les paupières, subrepticement, et de les rouvrir. Mais, Blackbird était invariablement là. Ses yeux en tête d'épingle incrustés dans les siens. En plus, il la mettait mal à l'aise à la fixer ainsi.

La sonnerie résonna puis la voix de sa sœur grésilla à son oreille.

— Oh mince, la ligne est mauvaise… Je ne t'entends pas très bien…

— Où es-tu ?

— Dans les Alpes. On s'entraine. On est inscrits au trail de Méribel. Les cinquante kilomètres. Tu te souviens, je t'en avais parlé. Bon, fais vite, je suis pressée, je dois rejoindre les autres.

Sa sœur n'avait jamais le temps. Embarquée dans une course effrénée après les records, luttant contre le compte à rebours implacable de l'âge, qui un jour éroderait son énergie et son physique de sportive.

— On va enchainer des kilomètres verticaux, s'affûter les mollets. Ce trail est bigrement difficile !

— Bon, Capu. J'ai besoin de joindre papa. As-tu une adresse, un contact, quelque chose ?

— Non, et d'ailleurs pourquoi me parles-tu de lui ? Je l'ai effacé de ma vie, à l'instar de ce qu'il a fait pour nous, pour moi !

La gorge nouée, Vic perçut les larmes dans la voix de sa sœur. L'évocation de leur père remuait la lie des fonds d'âmes cabossées. Il avait fait de profonds ravages autour de lui. Chacun avait sa rancœur, ses raisons de le haïr. Chez Capucine, c'était essentiellement matériel. Les perspectives d'une existence douillette et oisive s'étaient envolées. Adieu l'argent facile capable de financer ses expéditions sportives dans le monde. Car sa vie d'aventurière nécessitait des moyens conséquents. Renonçant à travailler, car le temps lui manquait (*celui-là même après lequel elle courait en permanence*), en plus d'une réelle volonté. Jongler entre une vie normale et ses expéditions lui paraissait inconcevable. Tout bonnement impossible. Et puis, elle n'était pas faite pour une vie ordinaire. Non. Ses aptitudes physiques de sportive, son mental de battante lui prédisaient de grandes réussites. Elle avait du coup déniché un type friqué, fou d'elle, au point de lui payer tous ses caprices. De l'accompagner partout. De se glisser sur les parcours. De participer au ravitaillement en course. Il était son plus grand fan. Elle avait finalement de la chance de l'avoir trouvé. Elle le savait, mais ne pouvait s'empêcher de vouer une rancune tenace à l'égard de son père. Elle le maudissait de toutes ses forces. Quand elle était à bout, sur le point d'abandonner en course, c'était lui qui lui soufflait la rage de passer la ligne d'arrivée.

Mais, bizarrement, la moindre évocation de son père effritait son psychisme à toute épreuve, lui provoquant une émotion incontrôlable.

— Tu es sûre ? Tu es toujours au courant de tout, Capu…

— Je sais juste qu'il est resté en ville. Mais pour le reste, qu'il crève ! Et si jamais je le croise en voiture, je l'écrase ! Les deux mains sur le volant et le pied au plancher, je fonce.

— Oui, oui, tu me l'as déjà dit, soupira Vic excédée de ses états d'âme. En même temps, enfermée à la Santé, il en sera fini de la Diagonale du Fou, du Marathon des Sables ou de tes aventures extrêmes *all over the world* !

Capucine repartit dans ses explications d'héritière malheureuse. Elle pouvait être en boucle. Gagnée par une intense lassitude, Vic éloigna le smartphone de son oreille, puis raccrocha alors que sa sœur continuait de se lamenter.

— Vous êtes une drôle de famille ! ponctua Blackbird, en sautillant à nouveau pattes jointes sur le rebord de la fenêtre. Y'en a pas une pour écouter l'autre. Finalement votre père, il a peut-être eu raison de partir.

Vic écarquilla les yeux. Une lueur scandalisée scintilla.

— Ben, je ne te permets pas, mollusque ! De quel droit nous juges-tu ?

– Aucun en effet, mais je m'interroge d'entendre autant de ressentiment. Personne ne l'aimait réellement en fait ?

– Si, répondit-elle du tac au tac. Moi.

– Ah…

– Mélusine aussi.

– Je suis rassuré.

– De quoi je me mêle, non mais…

– Bon on appelle qui maintenant ? Car on en est toujours au point de départ.

– Mon frère, soupira-t-elle. Hum… Lui aussi trimballe une remorque de ressentiment.

– Chouette ! siffla-t-il. On va rigoler.

– C'est malin !

– Quelle en est la raison ?

Vic réfléchit un court instant, soupesant ses mots.

– Il n'assume pas son coming-out. Selon lui, s'il est homosexuel, c'est à cause de notre père. Du coup, il lui en veut à mort.

À ses mots, elle observa ses mains. Étrangement, la perception restait dans les doigts. D'avoir serré le cou, la trachée, les muscles, les tendons, la glotte. L'engourdissement dans les chairs, la fatigue dans les os. La sensation désagréable lui extirpa aussitôt une grimace de mal-être. Elle secoua ses bras afin de la dissiper. Elle n'avait pas résolu les différends avec son père. L'amertume, la tristesse, la douleur restaient intactes dans son cœur d'orpheline. Elle n'avait jamais vraiment cherché à l'exprimer. Non plutôt les calfeutrer sous la colère, sans tenter de la verbaliser. Il était parti alors qu'ils étaient tous adolescents. Assez grands pour comprendre les choses de la vie. Enfin c'est ce qu'il croyait, ce qui l'arrangeait aussi.

– Ce sont des conneries tout ça ! Mon père va très bien et il se contrefiche de mes états d'âme, tout autant que de ceux de la famille qu'il a reniée. Je… Je fais une intoxication alimentaire qui me provoque des hallucinations… Oui ! C'est ça, j'ai mangé une omelette aux champignons. Y'en a un qui ne devait pas être frais.

Elle marqua une pause et dévisagea le volatile noir, qui oscillait sa tête gyroscopique.

– Tu vois, tu ne parles plus.
– Je n'ai rien à dire.

Ce merle était agaçant, elle prit le parti de l'ignorer. La sonnerie de son téléphone portable retentit. Elle se rembrunit et répondit.

– Oui, allo ?
– Salut Victorine, fit son frère d'un ton sec.
– Salut Junior.
– Tu m'horripiles à m'appeler ainsi. La pâle figure du père, c'est pitoyable !

Elle ne dit rien. Loin d'elle l'envie de s'aventurer sur ce terrain glissant. Il lui fallait *juste* retrouver son père. Néanmoins, son appel n'augurait rien de bon.

– Il paraît que tu cherches papa ?

– Oui, dit-elle du bout des lèvres.

– Tu lui diras que je vais me marier.

– Ah bon ? Avec qui ?

– Estelle.

– C'est une blague ?! Vic ne put s'empêcher de pouffer. Tu ne l'aimes pas !

– Si.

– Non ! Tu ne l'aimes pas.

– Pas comme tu voudrais que je l'aime.

– Non, non, s'exaspéra Vic. Pas comme tu es censé aimer quelqu'un que tu épouses.

– Bah, on s'en fout. Je vais me marier avec Estelle.

Victorine secoua la tête. Son frère débloquait. Elle voulut prendre à témoin Blackbird qui agita ses plumes en signe d'impuissance. Décidément, rien ne fonctionnait ce matin ou alors, il s'amusait, tous, avec ses nerfs. Oui, sans doute cette option était plus que probable.

– Tu te moques de moi, en fait ?

– Non.

– Tu aimes Vincent et il t'aime.

Un silence plomba l'échange. Vic haussa un sourcil en attendant une confirmation de son assertion. Son frère restait muet. La contrariété suintait à l'autre bout du fil.

— Tu veux juste emmerder papa en lui faisant croire que tu vas épouser Estelle. Mais, il ne te croira pas. Et, puis, entre nous, Junior, à quoi ça sert ? À rien. Il s'en fout totalement.

— Arrête de m'appeler Junior ! Ça me rend dingue !

— O.K., O.K... Je t'appelle comment alors ? T'en as de bonnes ! Vous avez le même prénom...

— James ! Tu m'appelles James !

— Comme James Bond ?

Vic était scotchée.

— Oui, mais juste James. C'est le prénom que je me suis choisi. Et Vincent c'est Vince.

— Ah bon... Vous avez pris la nationalité américaine aussi ?

— Ce que tu peux être chiante, couina-t-il. Tu te fous de ma gueule.

— Non, mais je suis surprise. C'est tout.

— O.K.

— Tu sais où trouver papa ?

— Oui, il habite dans la maison que mamie lui a léguée.

— Oh, bien sûr, j'aurais dû m'en douter, s'exclama-t-elle.

— Tu lui diras bien...

– Non, va lui parler si tu as besoin de régler tes comptes et de lui raconter de telles inepties. Vincent… Vince est au courant ?

Un nouveau blanc.

– Vincent est au courant de tes intentions ? répéta Vic.

– Non.

– Pourquoi n'épouses-tu pas Vincent… Enfin Vince ? Tout simplement.

– Impossible. Je n'y arrive pas. L'émotion fit chevroter sa voix. Oublie mon appel… C'est puéril, tu as raison. Je suis ridicule…

– Mais non, dit-elle, se voulant rassurante, il avait déjà raccroché.

Vic se tourna vers Blackbird.

– Une psychothérapie collective, ça ne vous dirait pas ? proposa-t-il, afin de détendre l'atmosphère. Y'a du lourd dans la famille ! Et puis vous pourriez avoir un tarif de groupe intéressant.

– C'est malin !

Elle tenta de rappeler son frère, mais son téléphone était basculé sur messagerie. Elle soupira de dépit. Au point où elle en était, elle pouvait bien en dire plus au passereau railleur. Elle rassembla de menues explications. Leur père les avait quittés pour un autre homme. Son associé et ami d'enfance. Ils entretenaient une relation cachée depuis des années (*tout le monde n'y avait vu que du feu !*) et étaient parvenus, aux termes d'un laborieux coming-out, à la décision brutale, mais irréversible, de vivre leur histoire d'amour au grand jour. Subir une séparation était déjà un traumatisme familial, mais avec l'homosexualité révélée et tous les non-dits liés au secret entretenu, ça avait fait l'effet d'une bombe pour tous, surtout pour deux d'entre eux. Maman (*quintessence de la beauté féminine*) l'avait hyper mal vécu. Une douche au vitriol s'était abattue sur elle, effondrant les piliers sur lesquels elle avait érigé son existence confortable. Persuadée qu'il ne l'avait jamais aimé mais seulement utilisée comme mère porteuse pour sa progéniture. En plus, il n'avait rien trouvé de mieux que d'accepter une interview dans Paris Match. Impossible de faire machine arrière. Elle avait acheté tous les exemplaires du kiosque du quartier, déchiré les pages où les tourtereaux s'affichaient *collé-serré* sur les photos, et fini de tout brûler dans la cheminée. Papa, l'homme d'affaires, s'était laissé convaincre que ça pouvait booster les ventes de sa dernière acquisition, une fabrique de caleçons « *made in France* ». Autant dire que l'affront public avait mouché l'amour propre de ma mère. Et puis, il y avait eu mon frère. Il en avait perdu l'usage de la parole et de l'appétit plusieurs jours d'affilée, percuté de plein fouet par un choc émotionnel intense. Son homosexualité, refoulée, enfouie au plus profond de son mal-être, sous des tonnes de honte, de rejet, avait implosé en découvrant, hébété, celle de son père et de son ami, qui était de surcroît son parrain. C'en était trop pour l'adolescent ! Un torrent de larmes rageuses avait giclé de ses orbites puis plus rien… Le blackout total ! Sonné, muet, vidé. Il avait effectué un court séjour en hôpital. Ils étaient désemparés. Puis, le temps a mis du baume sur ses plaies, il n'a jamais fait son coming-out, tout juste tenté des incursions dans le monde de la nuit. Les premières rencontres, jusqu'à Vincent. Toujours en catimini, angoissé par le regard des autres, la boule au ventre de croiser des homophobes qui l'aurait battu et laissé pour mort dans la rue. Les temps changeaient, mais lentement, parfois même avec du rétropédalage qui aggravait les actes.

— Voilà, conclut Vic. Tu sais tout.

— En effet…

— Pas simple.

— Non, je comprends. Et toi ? s'aventura la bête curieuse Comment as-tu vécu la séparation ?

— Mal. Je pensais avoir une relation privilégiée avec papa.

— Sa préférée ?

— En quelque sorte, rougit-elle. La peinture nous unissait par-delà les sentiments. On gribouillait ensemble. On arpentait les musées et les expositions. C'était notre univers, où il n'appartenait qu'à moi. Papa n'était pas souvent là en fait avec son boulot, enchainant les déplacements. La peinture était sa passion, sa soupape de décompression. Je me sentais si chanceuse de cette incursion dans son cœur. Il m'a fait découvrir Marc Chagall, mon peintre préféré. Un week-end, il m'a emmenée à Nice, découvrir son musée. J'étais émerveillée de me plonger dans ses œuvres. Je suis allée avec lui à l'opéra Garnier m'extasier, le nez en l'air, devant le plafond féérique peint par ce génie des couleurs.

– C'est quoi le nœud avec ton père ?

– Tout s'est arrêté le jour où il a franchi le pas de la porte de la maison familiale. Tout. Je n'existais *plus*, au même titre que ma mère ou mon frère ou mes sœurs. Je pensais sincèrement être différente. Prétentieux de ma part, n'est-ce pas ? Son abandon reste une injustice douloureuse.

Soudain, Victorine étira le cou en direction du volatile, le regard perçant sous des sourcils froncés.

– En fait, tu essaies de me tirer les vers du nez ! Et moi, je te raconte ma vie, sans sourciller. Je ne me reconnais pas.

– C'est le miracle du *merle noir* ! railla-t-il, pas peu fier. En plus, ça ne te coûte pas un kopeck ! Je suis gratis. Profite !

Il déploya ses ailes et se mit à tournoyer dans la chambre. Une légèreté joyeuse frémissait au bout de ses plumes.

– Bon allez, on y va ? dit-il.

– Où ça ?

– Voir ton père, parbleu !

Le visage de Victorine pâlit. Un soupçon d'angoisse se diffusait dans ses veines. En même temps que l'hésitation érigeait des digues susceptibles de colmater les brèches. Un sentiment nouveau la réveillait. Un souffle givré l'incitait à avancer. Ce trublion voltigeur lui dévoilait un champ des possibles qu'elle s'était toujours refusé à envisager. Elle remit des couleurs sur ses joues, enfila ses fringues et s'engouffra dans la rue, Blackbird dans son sillage.

– On y va à pied ?

– Je connais un raccourci, c'est à trente minutes à vol d'oiseau. Ça tombe bien ! s'esclaffa-t-elle. La maison de ma grand-mère est en lisière de forêt.

– Tu n'as pas eu l'occasion d'y retourner ?

– Non, je pensais qu'elle avait été vendue à sa mort. Si j'avais su que mon père habitait si près, j'aurais peut-être trouvé le courage d'aller le voir.

– Vraiment ?

– Non, mais… Lui aurait pu…

Elle balaya d'un revers de main ses doutes, prête à aller à la rencontre de son destin. Les chaines étaient encore à ses chevilles, mais elles s'allégeaient tout doucement. Son pas était plus aérien, affirmé.

– Et sinon, s'enquit-il, t'es mariée ?

Un vent frais de matin printanier glissait sur son plumage.

— Non, ricana-t-elle. Ni mariée ni pacsée ni rien du tout… Je viens de rompre avec Marc qui a l'âge d'être mon père. Je fais un transfert, classique tu vas dire ! Et je refuse d'avoir des enfants. Il en a le cœur broyé. Il se trouve déjà trop vieux, à la limite pour être père sans se grimer en grand-père. J'ai la frousse de rater ma vie… Ou qu'il m'abandonne, alors je prends les devants. C'est pitoyable, n'est-ce pas ?!

— Bah… soupira Blackbird en voletant à ses côtés. Qui a dit que la vie était aisée ? Personne !

Soudain, une grille immense se dressa devant eux, avec de part et d'autre une haie dense et compacte de thuyas géants coupés au cordeau. Vic ralentit, l'émotion rosissait son teint, ses tempes palpitaient en rythme avec les battements de son cœur. Le volatile se hissa dans les airs et aperçut la maison au-dessus des arbustes.

— Dis donc, c'est cosy !

Victorine ouvrit le portail et se glissa dans l'allée. Elle frissonna. C'était comme dans ses souvenirs. Rien n'avait changé. Ni le jardin ni la maison en apparence. Elle ne savait plus trop si c'était une bonne idée d'être venue. À la rencontre de celui qu'elle avait cherché à fuir et oublier toutes ces années.

— Allez ! l'encouragea le merle, percevant l'appréhension monter. On y est presque…

– Même pas peur, ironisa-t-elle. De toute façon, il est mort. Je l'ai étranglé cette nuit. Alors, ça sera vite réglé. On reste cinq minutes, on constate et je retourne dans mon antre de vieille fille.

Elle sourit de ses niaiseries, puis s'approcha de la porte d'entrée rouge qui tranchait avec la blancheur des murs. Un ultime atermoiement avant de cogner de son index. Elle toussota pour repousser l'embarras. Blackbird s'était posé sur la rambarde.

La porte s'ouvrit.

Elle faillit défaillir et se rattrapa in extremis au chambranle. Subitement, les mots lui manquaient. Elle qui était, il y a encore peu, intarissable à relater les déboires existentiels de sa famille.

– T'es pas mort ? bredouilla-t-elle.

Aussitôt, elle se trouva stupide d'avoir choisi cette scabreuse entame de discussion. Elle regrettait d'être là. Un feu honteux irradiait dans son corps. Elle se ridiculisait. Écarlate, elle tira le col de son tee-shirt. Il lui fallait respirer. De l'air. À deux doigts de se pâmer. La colère enflait, prenant le pas sur la confusion. Si l'oiseau avait été à sa portée, elle l'aurait écrabouillé entre ses doigts jusqu'à en faire du jus de plumes. Que s'était-elle imaginée ? Quelle sombre idiote !

Loin d'être choqué, il lui sourit en retour, amusé. Il était inchangé, à l'image du jardin et de la maison. Un roc dans l'existence. Une poignée de rides en plus et quelques cheveux gris irisant ses cheveux épais.

— Je suis en pleine forme ! Je viens justement de faire mon check-up. La carrosserie tout comme le moteur sont nickel.

— Cool… bafouilla-t-elle.

— Toi en revanche, tu as l'air bizarre, ma fille. Entre ?

— Non, je préfère rester dehors, j'ai besoin d'air.

— O.K., on va s'assoir sur la terrasse.

Blackbird tournoya au-dessus de leurs têtes puis se posa sur une branche. À distance respectueuse pour les laisser à l'intimité de leurs retrouvailles. Ses billes luisantes lui insufflaient des bordées de courage.

Un peu plus loin dans le jardin, Vic aperçut sa sœur, Mélusine, avec le chéri de son père. Ils s'affairaient à planter des bulbes dans un carré de terre. Ils lui firent un petit signe de main, guère surpris de sa présence ici. Décidément, cette journée exhalait la saveur de la folie douce. Hum… Oui, forcément, elle nageait en pleine absurdité. Elle n'était pas réveillée. Elle dormait à poings fermés. Bercée par son subconscient qui l'embarquait tous azimuts dans un voyage de barjots. Ça ne pouvait en être autrement… Discourir depuis une paire d'heures avec un merle noir, affublé du nom d'une chanson des Beatles, n'était pas possible. Elle allait bientôt s'extirper de cette torpeur, à mi-chemin entre rêve et cauchemar. Ou pleurer de désespoir.

— J'ai rêvé que je t'étranglais, dit-elle, de but en blanc, préférant la vérité à toute faribole.

— Ah…

— Je sais, ça n'est pas commun…

— En effet… Du coup, je comprends ta visite. Tu souhaitais t'en assurer de visu.

— Mouais… Je n'avais pas vraiment préparé de trucs à te dire…

— Hum, ça aussi, je comprends.

— Désolée…

— Non, ne le sois pas. Ce n'est pas un souci. Vu comme on s'est quittés, à couteaux tirés, c'est bien que tu sois là. J'ai fait pas mal de dégâts.

— Plutôt… Je m'inquiète pour Junior. Enfin James, c'est le prénom qu'il s'est choisi. Il débloque.

— Ah… Il a du mal avec sa nature profonde. J'ai connu ça.

— Voilà, voilà, ponctua Vic, emberlificotée dans sa gaucherie d'être là, face à un père qui n'était pas mort.

— C'est bien que tu sois là, a-t-il répété. On peut aussi prendre le temps.

Alors, ils ont parlé, sans rentrer dans la rancœur et les non-dits agglutinés à la porte de leurs cœurs. Juste réamorcer la pompe d'un filet d'eau. Il serait possible par la suite d'augmenter le débit.

L'étrangeté de sa venue ici ne la crispait plus. La tension filait de son corps, accueillant la mélancolie des souvenirs. Il semblait content de la voir, elle l'était aussi d'avoir fait le pas.

Son smartphone sonna. Elle tressaillit en voyant le numéro s'afficher. Le temps s'immobilisa, suspendu. L'angoisse se mêla à l'hésitation.

– Je… Je dois prendre la communication, s'excusa-t-elle. J'avais oublié ce truc… Mais lui visiblement ne m'a pas oublié…

Elle écouta en silence, ponctua de plusieurs « O.K. » atones. Son visage était déconfit. Ses lèvres tremblaient. Et pourquoi diable, les paroles de la chanson de Paul McCartney s'égrenaient dans son crâne étourdi ?

« Blackbird singing in the dead of night, Take these broken wings and learn to fly…»[20]

Elle raccrocha et bafouilla, hagarde.

Elle chercha l'oiseau du regard. Il n'était plus là. Ni sur la branche ni ailleurs. L'annonciateur emplumé s'était volatilisé. Avait-il seulement existé ? En dehors de son esprit chahuté.

Il n'y avait pas de hasard dans la vie. Juste des signes. Avec leurs pleins et leurs déliés. Elle hésita

---

[20] *« Merle chantant au plus profond de la nuit, prends ces ailes brisées et apprends à voler… »*

puis se tourna vers son père. Stoïque, il avait saisi la gravité de l'instant.

Elle plongea ses yeux dans les siens. L'émotion embuait sa cornée, ourlait ses lèvres délicates. Les battements de son cœur retentissaient avec ardeur. Soudain, l'envie de redevenir une petite fille, protégée par l'ombre paternelle, la dévora. Se blottir, se cacher, s'oublier. Pleurer toutes les larmes de son corps de fillette. Renifler sur sa manche.

– C'est grave ?

Son timbre était rocailleux. Le même que dans son enfance, où les paupières closes, elle l'écoutait lui lire une histoire, se berçant de son talent à donner vie aux personnages, à faire jaillir les émotions.

– Je crois… Une saleté de tumeur… Ils semblent dire qu'il ne faut pas traîner… Démarrer une chimio la semaine prochaine… Ils se hâtent à programmer ma vie à leur convenance…

– Je suis là ma fille, dit-il en posant sa main sur la sienne.

– C'est troublant. On se refuse à voir la vérité. Et, hop, elle nous saute au visage.

– Tu as bien fait de venir.

Elle comprit enfin ce qu'elle faisait ici. Elle refoula ses pleurs, inspira l'air printanier. La fraîcheur lui caressa la joue. Elle n'avait plus si peur.

– On va y aller ensemble. Si tu veux ?

– Oui, bredouilla-t-elle. Je… Je crois que sinon je ne pourrai pas.

La chaleur de ses doigts effaçait la solitude de ces derniers jours. Elle lui sourit. Soudain, le merle noir lui apparut une dernière fois. Il voleta en décrivant un cercle d'ange au-dessus de son père, avant de s'envoler haut dans le ciel, jusqu'à n'être plus qu'un point minuscule. Invisible dans l'immensité d'un ciel bleu Chagall.

Rosalie Lowie est une **autrice** française (littérature polar et roman contemporain). Originaire de la région parisienne, diplômée en gestion et management (Paris Business School), elle s'installe sur la Côte d'Opale, où elle exerce le métier de responsable Ressources Humaines, puis, y construit sa vie et sa famille. Passionnée de livres et d'écriture, elle franchit le pas en réalisant ses premiers écrits.

« *Un bien bel endroit pour mourir* » (polar), **primé « Grand Prix Femme Actuelle 2017 »**, Éditions Nouveaux Auteurs (mai 2017) ; format Pocket (juillet 2019).

« *Quand soudain bruissent les ailes des libellules* » (roman), Éditions Nouveaux Auteurs 2 (Janvier 2020).

« *Dernier été sur la côte* » (polar), Éditions Nouveaux Auteurs 2, est sorti le 2 septembre 2021.

L'instant présent

Emilie RIGER

Adrien aimait l'anonymat des salles obscures des théâtres. Elles lui offraient la liberté de vivre pleinement ses émotions, sans obliger son corps à les cacher. Il pouvait rougir, trembler, s'échauffer ou larmoyer à l'abri de tout jugement. Pour un hypersensible soumis à la dictature de ses vibrations intimes, cette obscurité était magique. Il aimait ces lieux au point d'en avoir fait le pivot de sa vie : Adrien était critique de théâtre. Sa silhouette en forme de spaghetti était devenue tellement connue du milieu qu'il lui fallait ruser pour assister aux représentations incognito.

Le confinement avait fermé toutes les salles, le privant de cette zone d'abandon à soi, mais également de son travail. Il l'avait plutôt bien vécu (le premier, celui du printemps), tout le monde étant logé à la même enseigne. Cette égalité, malgré ses disparités, créait un sentiment d'union qui, fidèle au proverbe, donnait des forces. C'était presque une aventure, en tout cas la conscience de vivre un moment historique. Comme tous ceux tenus d'être héroïques en disparaissant, il avait pu lessiver les placards de sa cuisine, trier le fond de ses armoires, arpenter le kilomètre carré autorisé et préparer l'achat d'une poignée de boîtes de conserve comme s'il s'agissait de la prochaine épreuve de Koh Lanta.

Mais le déconfinement l'avait laissé sur le bord de la route, et la brève bouffée d'oxygène de la rentrée ne lui avait pas permis de reprendre son souffle. Le reconfinement partiel de l'automne avait aggravé le mal. Il en avait conçu le sentiment angoissant de rester à l'arrêt alors que tant de gens reprenaient le cours de leur vie. Cette *Culture*, qui faisait battre son cœur et dont il vivait, se révélait soudain *non-essentielle*. Son immobilisme forcé avait transformé cet adjectif pudique en « superflu » puis « inutile ».

Lassée de le voir trimballer son inutilité dans l'appartement au prix de quelques phases bruyantes de désespoir, Lucie, sa petite amie, l'avait quitté sans préavis. Il était donc inutile, oisif et désaimé, le trio gagnant pour décrocher un vague à l'âme qui glissait à grande vitesse vers la dépression. Il se pensait au fond du trou. Lucie paracheva le tableau en prévenant sa mère de son départ, ce qu'il estima plutôt vicelard.

Maman débarqua dès le lendemain pour déverser sur lui tout le poids de son amour maternel. Maintenant qu'un pays entier lui disait qu'il ne faisait pas un *vrai* travail, écouterait-il sa propre mère ? Quelle tristesse qu'il soit incapable de garder une femme aussi formidable que Lucie (ou n'importe quelle femme d'ailleurs) ! L'état de son appartement témoignait à lui seul du désordre général de sa vie (lui d'habitude si soigneux, s'était, il est vrai, un peu laissé aller). Et franchement, pourrait-il se donner la peine d'accomplir sa promenade quotidienne pour éviter d'imposer aux autres cette tête de Carême ?

Après le départ de sa mère, Adrien s'effondra, au point d'appeler au secours le dernier être humain en lequel il plaçait encore un peu d'espoir : Félix, son rédacteur en chef.

Adrien accueillit Félix dans son accoutrement quotidien : pantalon de pyjama bleu marine à fines rayures, sweat à capuches, bonnet et grosses chaussettes (les portes-fenêtres ouvrant sur son maigre balcon laissaient filtrer des courants d'air arctiques dans son salon).

– Félix, sauve-moi ! Je ne peux pas continuer comme ça ! J'en suis arrivée à laisser s'accumuler la poussière pour parler aux moutons sous mon lit. Et ma mère… Elle va revenir, tu sais ! Elle va me harceler, jusqu'à ce que je m'enfuie – ou me pende d'ailleurs, aujourd'hui, on ne peut fuir nulle part ! Je vais devenir fou. Je t'assure que si tu ne fais rien, j'écouterai toutes les petites voix qui se chamaillent juste là, à l'intérieur…

Félix leva la main pour stopper le flot et se contenta de demander un whisky (avec la valse des couvre-feux, les horaires traditionnels de l'apéritif étaient devenus aléatoires). Adrien le servit docilement pendant qu'il allumait sa pipe, reconnaissant pour le parfum réconfortant qui allait teinter son appartement de vanille pendant plusieurs heures.

– Il faut que je trouve quelque chose à faire… Un séjour à la campagne ? Je pourrais me rapprocher de la nature, vivre au rythme du soleil, me remuscler… Traire une vache, cela doit être essentiel, non ?

Félix se contenta de faire passer sa gorgée de whisky de sa joue gauche à sa joue droite avant de l'avaler et de tirer sur sa pipe. Tant qu'Adrien n'aurait pas vidé son sac, il n'écouterait rien. Adrien, lui, était heureux. Sa mère l'avait toujours trouvé décevant, Lucie l'avait convaincu qu'il n'était pas à la hauteur, mais Félix lui donnait l'impression qu'enfin, quelqu'un lui tendait une main pour l'aider à se relever.

– Tu pourrais envoyer un message à ma mère ? Lui dire que je suis parti en reportage à l'autre bout du monde, que je ne reviendrai pas avant des mois ? Comme ça, je serai tranquille. Oh, surtout, dis-lui que je t'ai donné mes orchidées, elle déteste quand je les confie à la gardienne, elle prend ça pour une insulte personnelle. Tu veux bien, dis, Félix ?

Adrien acheva sa tirade à genoux devant le fauteuil de Félix, les mains jointes posées sur sa cuisse, prêt à fondre en larmes et à s'arracher les cheveux s'il ne lui trouvait pas une solution. Félix profita de l'intermède suppliant pour énoncer le remède, simple et précis.

— Tu vas te remettre au travail.

L'évidence de la solution éblouit Adrien. Bien sûr que cette oisiveté sans perspective était destructrice ! Il suffisait qu'il se remette au travail pour retrouver sa place. Si Félix lui rouvrait les colonnes du journal, il bouillonnait d'idées. Rétrospectives, analyses, portraits d'acteurs, d'auteurs ou de metteurs en scène... il ne manquait pas d'angles d'attaque pour entretenir le feu sacré en attendant la réouverture des salles. Ses lecteurs et lui seraient un peu comme des prisonniers échangeant des recettes de blanquette de veau au-dessus des plateaux insipides de la cantine.

— Tu vas nous écrire une série d'articles sur... les séries.

Adrien se figea. Félix parlait-il vraiment de *séries télévisées* ? (Adrien utilisait des pinces mentales pour saisir ce mot sans le toucher). Productions en série (sans jeu de mots), rires enregistrés et grignotage sur le canapé ? Adrien assumait un certain snobisme intellectuel, qui jamais, ô grand jamais, ne s'abaisserait à de telles turpitudes. Il éclata de rire.

— Tu m'as fait peur, Félix. J'y ai cru pendant un instant.

— Tous mes journalistes sont dans le même état que toi, et je dois trouver une bouée pour chacun.

Félix fouilla dans sa poche et déposa sur la table basse un bout de papier chiffonné. Dans sa bouche « journaliste » sonnait comme « enfant ».

— Alors je n'ai pas le temps de faire des blagues, reprit son protecteur. Le journal t'a pris un abonnement à Netflix. Voilà tes codes d'accès.

Félix fourra sa pipe éteinte dans sa poche et se leva. Adrien se précipita à sa suite en pleine panique.

— Je te croyais mon ami, et toi, tu m'achèves !

Félix supporta avec stoïcisme le désespoir tragique d'Adrien, à deux doigts de se rouler par terre en clamant « Ô rage, ô désespoir ! ». Il enroula son écharpe autour de son cou avec soin et posa une main compatissante sur l'épaule de son protégé.

— Tu es incapable de traire une vache, Adrien. Tu préfères rester sans rien faire ?

Adrien hocha vigoureusement la tête. Tout, plutôt que les horreurs en série ! Il relessiverait les placards de sa cuisine, tant pis. Mais Félix acheva de se calfeutrer dans son gros manteau et riposta :

— Tu es critique professionnel ? Alors, critique ! J'ai lu que ces séries avaient sauvé le moral de beaucoup dans cette période ahurissante. Découvre comment et pourquoi. Je veux ton premier article la semaine prochaine.

Il claqua la porte derrière lui, laissant Adrien agenouillé dans l'entrée, se demandant comment il allait survivre à cette nouvelle avanie du sort. Se réfugier sous sa couette et s'y laisser mourir était-il une option possible ?

Mourir de désespoir sous sa couette était beaucoup trop long – et douloureux, Adrien dû l'admettre au bout de 48 heures. D'abord, il s'ennuyait comme jamais auparavant, le dos perclus de douleurs à force d'immobilité. Ensuite, il perdait sans cesse le combat contre son estomac qui le sortait du lit plusieurs fois par jour. Cela ne marcherait jamais.

Dans cette inaction qu'il s'était imposée, des images remontaient de force du passé. Il revoyait ses trois sœurs aînées vautrées sur le canapé. Les miettes de leur goûter s'éparpillaient autour d'elles au fil des épisodes qu'elles lui faisaient subir (l'appartement était petit, et sa configuration obligeait Adrien à faire ses devoirs dans le salon).

Une fois passé l'âge du Club Dorothée, ses chères sœurs lui avaient fait suivre les étapes de leur évolution au travers de leurs choix sur le petit écran. Il oscillait entre horreur et fascination quand il révisait ses tables de multiplication ou apprenait une poésie de Prévert avec en fond sonore les dialogues sans queue ni tête, les rires pré-enregistrés… et les disputes. Elles se battaient chaque jour pour savoir quelle série elles regarderaient, et même quand ce débat était conclu, il fallait encore qu'elles se chamaillent pour décider qui tiendrait le paquet de gâteaux, qui serait la cheffe de la télécommande, et si le son était trop bas ou trop fort (elles ne lui demandaient jamais son avis, mais de son point de vue, le son était *toujours* trop fort). Maximilienne, la cadette, remportait en général le combat du goûter car sa carrure tout en muscles tranchait avec la configuration plutôt chétive de la famille.

Leurs premiers pas encore imprégnés d'enfance les avaient promenées dans le modèle ô combien vertueux de *La petite maison dans la prairie* (la famille Ingalls était tellement parfaite qu'Adrien se demandait si Charles et Caroline avaient fini béatifiés). Vivienne, la plus jeune, avait porté des tresses comme la petite Laura pendant des mois, s'entraînant même à parler avec un cheveu sur la langue qui horripilait Adrien.

Bien longtemps avant la fin de ces aventures passionnantes, Fabienne, l'aînée, avait dévergondé la sororité en la faisant tomber sous le charme de Fonzie. Toujours à l'abri dans la famille idéale de *Happy Days*, elles avaient soupiré pour ce premier bad boy qui croisait leur route. Le personnage avait laissé Adrien perplexe : à part sa banane digne d'Elvis et son blouson de cuir noir, Fonzie répétait exactement les mêmes conseils pleins de sagesse que les parents, en quoi était-il un rebelle ?

Alors que sa sœur aînée quittait peu à peu la zone de turbulences acné – révolte – mauvaise humeur chronique, et que la seconde y entrait progressivement, les *Drôles de Dames* et *Starsky et Hutch* avaient débarqué dans leur modeste salon. Adrien, effondré, avait vu ses sœurs rêver d'être les premières pour avoir une chance de séduire les seconds. S'il essayait de se plaindre pour rappeler qu'un minimum de calme serait favorable à son travail scolaire, les trois pestes s'en donnaient à cœur joie. Fabienne, Maximilienne et Vivienne se mettaient alors à danser dans le salon en chantant à tue-tête leurs génériques préférés.

Il ne pouvait attendre aucun secours de son père. Après avoir cédé à Maman le droit de choisir les trois premiers prénoms (c'était elle qui les avait portées dans son ventre pendant neuf mois, non ? et qui avait souffert pour les mettre au monde, n'est-ce pas ? Ne pouvait-elle pas au moins, en maigre récompense, choisir leur prénom ?), Papa avait obtenu après des mois de cajoleries de choisir le quatrième – et dernier. Fan absolu de *Rocky*, il avait rêvé longtemps de l'instant où il pourrait brandir la nouvelle née dans ses bras en hurlant : « Adrienne, j'ai gagné ! », tel un Stallone des maternités. Or son fils lui avait volé ce triomphe tant espéré et attendu, ce qui avait creusé entre les deux un fossé que ni les années ni les tentatives aussi tendres que maladroites d'Adrien n'avaient pu combler.

Il ne pouvait attendre aucun secours de sa mère non plus. Sa situation s'était même aggravée quand les centres d'intérêt de Maman et de ses sœurs avaient convergé jusqu'à se rejoindre devant *Mission impossible* (devenu adulte et ayant quitté depuis longtemps le foyer familial, Adrien se réveillait encore au milieu de la nuit en sueur, terrorisé à l'idée que la bande magnétique allait s'autodétruire avant qu'il puisse mémoriser tous les détails d'une mission vitale).

À l'époque où mère et filles s'étaient affrontées pour savoir si Maman pourrait regarder le 362e épisode de *Dallas* ou devrait céder la place à la jeunesse indépendante et célibataire (donc forcément dépravée dans l'esprit maternel) de *Friends*, Adrien avait enfin pu quitter la maison. Il avait passé des soirées entières assis sur la moquette de son petit studio à écouter le silence de 18 h 25. À cette heure, à quelques kilomètres de là, ses sœurs palpitaient devant *Beverly Hills* (éternel dilemme du beau blond solaire face au beau brun ténébreux) ou *Buffy contre les Vampires* (variante fantastique du même dilemme entre le Bien, rassurant mais un tantinet ennuyeux – et le Mal, dangereux mais si attirant).

Avec le recul, et malgré toute la répulsion que ces séries lui inspiraient après l'avoir fait souffrir pendant des années, Adrien se posa une question : ses émotions si tranchées, sa conception passionnée de la moindre nuance de sa vie quotidienne, son penchant pour les orgies de sensations, sa tendance à faire une montagne d'une taupinière… toute cette hyperémotivité ne venait-elle pas de son enfance et d'une adolescence imprégnées de séries télé ? La vie résumée en 35 minutes quotidiennes prenait une densité, une intensité que ne pourraient jamais égaler les 24 heures de la réalité. S'était-il construit à travers ces fictions qu'il honnissait ? Quelle idée déprimante !

Adrien finit son yaourt en regardant par la fenêtre. Les passants allaient masqués sans s'attarder, détournant la tête devant le rideau de fer d'un bar ou d'un restaurant. Résigné, il se décida à obéir à Félix. Il devait plonger dans ses cauchemars de jeunesse pour échapper à la morosité actuelle.

Revenu dans le salon, il se garda bien de toucher le papier comportant les codes d'accès du diabolique géant. Il avait trouvé une échappatoire en jetant son pot de yaourt à la poubelle. En rusant un peu, il pouvait rédiger des articles sur les séries… sans regarder un seul épisode ! Après tout, il avait bien pensé écrire sur le théâtre sans pouvoir assister à des représentations. Il lui suffisait de concocter des articles de fond pour faire patienter Félix – et leurs lecteurs – jusqu'à la réouverture des salles.

Adrien attrapa son ordinateur, prêt à apprendre des choses (le meilleur des antidépresseurs en ce qui le concernait) et attaqua ses recherches sur l'Histoire des séries.

Il dut remonter jusqu'en 1948 (autant dire à la préhistoire en matière de télé) pour trouver l'ancêtre absolu : *The Queen's Messenger*, la toute première fiction télévisée de l'Histoire. 40 minutes de mélodrame 100% américain. Sa précocité témoignait de la vocation du petit écran, que dire, de sa raison d'être, dès les balbutiements : raconter des histoires.

Parents et enfants ouvraient cette fenêtre sur le monde pour cette unique raison. Qu'elles soient réelles ou imaginaires, dans le passé, le présent ou le futur, ici ou ailleurs, sérieuses, drôles ou dramatiques, qu'importe ! le téléspectateur voulait qu'on lui raconte des histoires. Même les informations adoptaient les codes des contes de fées : « Il était une fois, dans un pays lointain », ou « Hier, dans le Nord pas de Calais », c'était du pareil au même. De ce strict point de vue, Adrien voulait bien se réconcilier, du moins provisoirement, avec le média honni : le théâtre aussi racontait des histoires.

Il entreprit donc de suivre l'évolution des séries depuis le Big Bang de 1948 jusqu'à l'heure actuelle.

La révolution de la télé arrivant dans les foyers, puis les images colorisées et la multiplication des chaînes, une puis deux, puis trois, puis… Les chaînes à péage qui avaient introduit l'idée que chacun pouvait avoir la télévision qu'il voulait, à condition d'être prêt à payer. Jusqu'à cette nouvelle évolution, la technologie numérique ouvrant l'accès à des dizaines, des centaines de chaînes dans un flot inépuisable. Oubliée, la légendaire mire annonçant la fin des programmes. Dépassées, les vieilles blagues sur les insomniaques et les femmes enceintes hébétés devant *Chasse et pêche* au milieu de la nuit. Désormais, quelle que soit l'heure, on trouvait toujours quelque chose à regarder.

Depuis trois jours, Adrien restait concentré, accumulant les informations. Tout le monde vantait les effets bénéfiques de l'exercice physique sur la santé. Adrien puisait les endorphines du bonheur dans les cogitations de son cerveau. Fût-il attendri par ce bien-être qui lui avait tant manqué ? Ou par la découverte qu'il fit ? Toujours est-il que quand Félix l'appela pour savoir où en était leur affaire, il décrocha son téléphone avec le sourire.

– Alors, petit, toujours aussi fâché contre les séries ?

Adrien, qui était tout sauf petit, souligna de plusieurs traits ses dernières notes.

— Tu savais que des géants comme Marlon Brando avaient débuté dans des séries ?

— Alors me voilà rassuré. Tu ne vas pas t'étouffer en avalant tes codes Netflix.

Adrien jeta un regard en biais au papier gardé à l'écart, coincé sous un bocal de clous.

— Hum… ça, je n'y ai pas encore touché.

— Encore une ou deux découvertes et tu y arriveras. Je veux ton article pour demain minuit, dernier délai. Pas de blague.

Même en période de catastrophe (surtout en période de catastrophe ?), un homme doit défendre ce qu'il a accompli. Ni plus, ni moins.

— *Jamais* je ne t'ai rendu un article en retard, Félix. Jamais.

— Beaucoup de jamais se réalisent en ce moment, alors ça ne coûte rien d'être prudent, bougonna Félix.

Ils raccrochèrent de concert, Félix pour voler au secours d'un autre de ses protégés, Adrien pour se remettre au travail.

Il était une fois… les séries - Épisode 1

Chères Lectrices et lecteurs,

Après des mois de séparation, je suis heureux de vous retrouver dans ces pages, même si nos salles chéries restent closes. Notre passion du théâtre est née d'une spécificité humaine aussi vieille que les fresques peintes à l'époque préhistorique par un lointain ancêtre : l'homme aime raconter des histoires, et l'homme aime découvrir des histoires.

Nos théâtres se trouvant au chômage forcé, je souhaite aujourd'hui vous inviter à découvrir un autre fabricant d'histoires. Un fabricant bien plus jeune (73 ans cette année) : la série télévisée.

Je vous concède que nous sommes fort éloignés de notre univers habituel. Cela dit, il est fort probable que nombre d'entre vous suivent déjà avec passion certaines aventures. Pour eux, comme pour les autres, allergiques au petit écran, je vous invite à me faire confiance pour partir à la découverte de quelques anecdotes et réflexions intéressantes sur ce thème.

Les origines

Remontons donc aux origines de cette étrange créature moderne : la série. On lui reconnaît deux ancêtres : le roman feuilleton et le feuilleton radiophonique. Ils offrent à la série son ADN, inchangé aujourd'hui : le goût pour les intrigues multiples, les rebondissements inattendus et le célèbre suspens à la fin de chaque épisode – pour que le lecteur, devenu auditeur puis téléspectateur, soit au rendez-vous suivant, impatient de connaître la suite.

La toute première fiction télévisée date de 1948 : *The Queen's messenger,* un film de 40 mn. Elle va donner naissance à toute une série de « fictions à épisodes » dont les années 60 vont être le premier âge d'or, avec trois genres fondateurs.

Le soap opera

Ils sont directement importés de la radio. Chaque épisode commence par une réclame (à l'origine, surtout des fabricants de savon – « soap » en anglais).

Les sitcoms

Contraction de « situation » et de « comedy », ils sont filmés en studio, en public, et à l'origine diffusés en direct… ancrant cette tradition fort discutable du rire enregistré (rassurez-moi, je ne suis pas le seul à trouver ce procédé insupportable ?). Ces sitcoms, dont le pionnier est *I love Lucy* dès 1951, seront le divertissement le plus populaire jusque…dans les années 2000 ! C'est dire s'ils ont fait rire dans nos foyers pendant plusieurs générations.

La dramatique

Le 3e genre, est celui qui a éveillé mon intérêt : la dramatique. Cette variante a de beaux arguments pour nous séduire. Elle puise son inspiration dans le patrimoine théâtral, avant d'explorer de nouveaux genres comme le mystère (« Alfred Hitchcock vous présente ») ou le fantastique (« La 4e Dimension » –son générique est un chef-d'œuvre du genre qui réveillera peut-être de nombreux souvenirs de jeunesse). L'autre point fort de cette dramatique est d'avoir servi de tremplin à l'élite des jeunes acteurs de l'époque. Vous doutez ? Vraiment ? Pourtant, quelle aurait été l'histoire du cinéma sans Marlon Brando, James Dean ou Paul Newman ?

Des géants dans le petit écran

Les années 50 et 60 ont eu la bonne idée de nous offrir des acteurs comme Marlon Brando ou Paul Newman, et même des légendes comme James Dean, tous révélés à leurs débuts par des séries.

Ils seront nombreux à faire leur galop d'essai dans nos téléviseurs avant de s'envoler pour le cinéma. Roger Moore et son sourire ravageur dans *Le Saint* (71 épisodes en noir et blanc suivis de 47 en couleurs). Johnny Deep dans *21 Jump Street* ou Will Smith dans *Le prince de Bel-Air*. Après des années de carrière, Georges Clooney entrera dans la cour des grands grâce à *Urgences*. On sait aujourd'hui quelle carrière ces acteurs ont pu accomplir par la suite…

Il semblerait qu'aujourd'hui, la tendance s'inverse, et que le petit écran s'offre de grandes stars du cinéma qui ne dédaignent pas d'y briller. Un exemple ? *House of Cards* avec le magnifique Kevin Spacey.

Adrien Chèquespire

– Non, ça va pas.

Adrien se mordilla la lèvre et dansa d'un pied sur l'autre en regardant par la fenêtre. Jamais un article qu'il avait écrit n'avait été accueilli par un « ça va pas ». Bien sûr, il avait reçu moult critiques. En général, le problème venait du nombre de caractères qui lui étaient accordés, Adrien étant plutôt prolixe quand il s'intéressait à un sujet et essayant chaque fois de grappiller quelques lignes au-delà de ce qui lui avait été alloué. « Trop long », « Raccourcis », « Il faut que tu coupes », ça oui, il l'avait entendu sur tous les tons. « Trop émotif », « Un peu moins passionné peut-être ? », aussi. Mais « ça va pas », jamais. Il en conçut une honte fort désagréable et le stress fit palpiter la façade de l'immeuble en face de lui, comme si ses yeux sautaient dans leurs orbites. Il se frotta les paupières.

– Comment ça, « ça va pas » ?

– Ça va pas, confirma Félix. Ton article est à côté de la plaque.

Le tressautement des yeux d'Adrien reprit de plus belle. À côté de la plaque ? De mieux en mieux. Si Félix n'était pas plus précis, il allait se mettre à crier en tapant du pied. Ou peut-être même envoyer valser ce qui encombrait son bureau, des dizaines de pages de notes « à côté de la plaque ». Il commença à bourdonner dans le téléphone, un mélange de grognements, râlements, soupirs et onomatopées qui annonçaient la tempête. Félix tenta de rattraper la situation. Lui aussi, il fatiguait, à gérer les émotions de chacun. Quelle idée de jeter un « ça va pas » brut de pomme à la figure d'Adrien !

– Ton article est parfait, un vrai cas d'école. Informatif, langue impeccable, tout va bien. Mais ce n'est pas du « Adrien ». Et si les lecteurs sont au rendez-vous chaque semaine dans ta rubrique, ce n'est pas par amour de Molière, Adrien. C'est pour toi.

Le bourdonnement baissa d'un cran, Adrien retrouva des mots.

– Je ne vois pas ce que tu veux dire. S'il est parfait, alors que lui reproches-tu ?

– C'est plat. Intelligent, mais froid. Adrien, tu ne m'as même pas demandé plus de place !

Adrien fixa ses pieds chaudement emballés dans des chaussettes rouges en pilou. C'est vrai qu'il avait choisi la facilité. Mais Félix voulait-il vraiment qu'il mette des émotions dans ces articles ? Il risquait, au mieux, d'être désagréable, au pire d'être carrément odieux. Son rapport aux séries n'était pas de l'ordre du rationnel (si tant est que quoi que ce soit puisse relever du rationnel chez Adrien).

— Adrien… Quelle série as-tu regardée ?

— Aucune. Je comptais bien exploiter la veine historique jusqu'à réouverture des salles.

Félix savait que son mauvais élève affichait alors une moue boudeuse et un regard de chien battu. Adrien se révélait parfois insupportable et au moment où il rêvait de le mettre à la porte à coup de pied dans les fesses, il avait soudain cet air enfantin un peu perdu qui l'attendrissait. Félix sentit qu'il se faisait vieux, il se ramollissait.

— Hé bien raté. Je vais passer cet article comme ça, du mauvais Adrien, ça te fera les pieds. Mets-toi au boulot.

Félix raccrocha avant de se faire embobiner. Adrien pouvait devenir très mélodramatique, soit pour émouvoir, soit pour ensevelir l'autre sous un tas d'émotions tellement étouffant qu'il était prêt à tout pour le faire taire.

Adrien jeta son téléphone de dépit, le regardant rebondir sans dommage sur les coussins du canapé. Même les objets refusaient d'entrer dans son jeu, ce que cette période pouvait être frustrante ! Adrien résista tant qu'il put. Il fit un grand ménage dans son appartement qui n'en avait pas besoin. Une longue promenade alors qu'il pleuvait, les gouttes obliques s'infiltrant entre son menton et son écharpe à cause du vent.

Il corrigea le second article prévu pour lui donner un peu de la densité émotionnelle demandée par Félix. Tout du moins essaya-t-il, maniant l'ironie pour éviter de devenir franchement hostile à son sujet. Cela ne pourrait pas durer longtemps. Adrien était ainsi fait, s'il entrouvrait la porte des émotions, celles-ci jaillissaient sans retenue et il ne voyait pas l'intérêt de les convoquer si c'était pour les tenir en laisse. Dans ce nouvel article, il laissa donc affleurer des années de frustration d'un petit frère sous la coupe de ses grandes sœurs.

Il était une fois… les séries - Épisode 2

Chères lectrices et lecteurs,
Voici une nouvelle étape de notre croisière au fil des séries. Je ne sais pas si l'on s'amuse, mais j'avoue que ce n'est pas désagréable. Prêts pour la prochaine escale ?

Les années 60 et 70 : revendication… pacifique

Les séries reflètent une société en pleine révolution. Toutefois, rappelons-nous que le but de la télé est de distraire - de raconter des histoires, la règle est donc simple : on peut parler de tout, à condition de faire rire le téléspectateur. Les sujets, même les plus sérieux, sont donc abordés avec légèreté. Ainsi, la libération de la femme des années 60 s'incarne dans… le bout du nez magique de Samantha dans *Ma sorcière bien-aimée* ! Il fallait y penser (mais la télé a beaucoup d'imagination). Je suis sûr que les féministes de tous bords ont apprécié.

La télé reflète les tensions politiques, le genre fantastique permettant des métaphores saisissantes de la Guerre Froide. *Star Trek* ou *Les Envahisseurs* racontent le combat des gentils de l'Ouest contre les méchants de l'Est (une version précoce de l'Histoire pour les Nuls ?)

La télé couleurs se généralise à cette époque, et va vouloir raconter des histoires de façon plus sophistiquée, et même, innover.

Columbo inverse le récit policier en donnant l'identité du coupable dès le début, et *Les Mystères de l'Ouest* mélangent western et… fantastique ! Quant à *Mission Impossible*, elle refond totalement le concept de récit d'espionnage (La musique du générique vous trotte dans la tête ? Tant mieux ! Elle me poursuit jusque dans mes cauchemars depuis vingt ans !).

En-dehors des Etats-Unis ?

Mais, me direz-vous, que se passe-t-il donc dans le petit écran en-dehors de l'Amérique ? L'Angleterre n'est pas en reste, livrant des séries dans cet esprit britannique si réjouissant. *Chapeau melon et bottes de cuir* incarne l'essence même des Sixties. *Le Prisonnier* étale les obsessions de l'époque (aliénation de l'individu, bombe nucléaire, le capitalisme…) dans un décor surréaliste aux couleurs psychédéliques… So British !

Quant à la France, elle est un peu à la traîne, il faut bien l'avouer. Et non, désolé, elle n'est pas près de rattraper son retard !

Série…Mania

Dans les années 60 et 70, les discussions sur les séries se faisaient probablement entre voisines, par-dessus la haie, dans les escaliers, ou encore à la sortie de l'école. Aujourd'hui, cette passion explose sur les réseaux sociaux, « lieu » idyllique pour baigner jusqu'à plus soif dans un univers. La série rassemble, elle est même actuellement considérée comme un des objets culturels les plus fédérateurs dans notre société contemporaine. Aïe.

Débats sur les épisodes passés, plans sur la comète pour ceux à venir, analyse du caractère des personnages, anecdotes de tournage, nouvelle coupe de cheveux d'un acteur… tout est bon pour prolonger le plaisir bien au-delà des quelques minutes d'un épisode ! Savez-vous que j'ai même trouvé des comptes Instagram tenus par des personnages de série, postant des photos et répondant aux commentaires comme s'ils étaient de vraies personnes ? Une idée folle… ou fantastique ? Après tout, j'aurais adoré converser avec Cyrano de Bergerac !

Notre beau pays aime à hiérarchiser les objets de sa culture, les lecteurs de Victor Hugo pincent le nez devant les lecteurs d'histoire d'amour depuis deux cents ans. En France, la série est considérée comme un divertissement et regardée avec un certain dédain. Mais les choses changent ! La France accueille depuis une dizaine d'années le festival Série Mania (il a lieu à Lille, au printemps), avec tout de même 70 000 visiteurs. Et dans l'esprit d'encourager la fiction française de qualité, a été créée l'Association Française des Critiques de Série, remettant depuis six ans des prix par catégorie…

Le vent tourne ! Consommez votre série préférée avec du chocolat ou des chips, mais sans complexe !

Adrien Chèquespire

Félix accepta son article sans commentaire, et il en redemanda, à une condition toutefois. Que Félix regarde enfin « pour de vrai » des séries actuelles pour faire un réel travail de critique. Adrien se sentit déchiré entre sa résistance têtue au phénomène de société et sa conscience professionnelle. S'il en était resté à la veine historique choisie au départ, il aurait pu éviter sans fin de se mouiller. Mais en sortant de sa réserve, il devenait contraint de regarder des séries s'il voulait rester crédible.

Désespéré, il décida de faire des courses pour acheter des choses dont il n'avait pas besoin. Il fit un arrêt au Balto. Le bistrot où il aimait descendre prendre son café chaque jour (quand c'était encore une activité légale, et même un fait culturel typiquement français) était fermé bien sûr, mais Josette servait des boissons à emporter. En temps normal, quand Adrien venait boire son petit noir, il était pour ainsi dire transparent. Josette le servait sans presque lui accorder un regard, se contentant d'un machinal « Tout va bien aujourd'hui ? » auquel elle n'attendait pas de réponse. Mais depuis qu'ils étaient séparés par une paroi de plexiglas, elle le couvait comme on prend soin d'un moineau fragile.

— Alors monsieur Adrien, vous allez bien ? demanda-t-elle en lui tendant le gobelet en carton.

Adrien hocha la tête en soufflant sur le café qui lui brûlait les doigts. Les bonnes vieilles tasses en grosse porcelaine lui manquaient.

— Faites bien attention surtout, hein ! Vous n'êtes plus tout jeune, il faut être prudent.

Adrien sourit (ils avaient le même âge mais il n'allait pas froisser sa coquetterie) et but son café à petites gorgées. Josette interrompait son bavardage pour servir les gens par-dessus la barricade bouchant l'entrée, essayant de faire revivre un peu de l'âme de sa salle en respectant les rituels des habitués.

— Vous allez où comme ça, monsieur Adrien ? Faire vos courses ? Allons bon, vous ne pouvez pas vous faire livrer ?

Il la salua, la laissant bougonner derrière son plexiglas sur les clients qu'on ne pouvait même pas mettre à l'abri de la pluie. Puis il partit d'un pas plus léger vers le supermarché.

En ces temps obscurs, personne ne s'étonna de le voir errer à pas lents dans les allées d'un magasin, s'attarder à observer les rayons ou les clients. Il se surprit à fixer les gens en se demandant « s'ils en étaient ». Cette femme qui déposait un paquet de couches dans son caddie, avait-elle hâte que son bébé dorme pour pouvoir allumer la télé ? Cet homme qui embarquait une pile de pizzas allait-il se jeter sur la télécommande ? … 8 millions de foyers abonnés à Netflix rien qu'en France… La question ne serait-elle pas plutôt de savoir qui « n'en était pas » ?

Adrien allait gagner la caisse quand une silhouette lui rappela sa sœur Maximilienne. Aucun trait physique en commun, plutôt cette impression d'énergie et d'action que dégageait la femme. Aujourd'hui, Max tenait un élevage de chiens et proposait des cours de dressage. Il ressentit un bref élan de nostalgie (il n'avait pas pris de nouvelles de Max depuis des mois), puis se rappela les séances épiques de ses trois sœurs devant la télé. Max finissait toujours par décider du goûter.

Si Félix voulait vraiment de l'émotion, si Adrien devait vraiment faire les choses « pour de vrai », alors hors de question de se contenter d'entrer les codes et d'appuyer sur lecture pour plonger dans cet univers. Il allait devoir agir dans les règles de l'art : regarder une série, cela ne s'improvisait pas. Il fallait respecter un minimum de rituels pour vivre réellement cette expérience. Il fit donc demi-tour pour aller se perdre corps et âme dans le rayon grignotages puis rentra enfin chez lui, bien obligé de passer à l'action.

Debout dans son salon, Adrien s'assura qu'il était prêt en pointant du doigt en fur et à mesure qu'il vérifiait son installation.

— Canapé confortable. Tenue relax. Plaid bien chaud. Mug de thé. Biscuits au chocolat. Téléphone en silencieux. C'est bon.

Adrien, qui avait l'âme d'un bon élève, se trouva satisfait, ses trois sœurs auraient approuvé. Le *sérievore* respectait des commandements sacrés : s'envelopper dans un cocon de chaleur l'hiver, rester au frais dans la pénombre des volets clos l'été, c'était du pareil au même. L'idée était de créer une bulle à température idéale, débarrassée de toute aspérité, avec des aliments réconfortants à portée de main. Un peu comme un retour dans le ventre originel, Adrien reconnaissait un aspect régressif à l'exercice.

Enfin vint le grand moment : ouvrir un compte Netflix. Dans un coin de son esprit, il eut la vision d'un compteur où s'ajoutait un nouvel abonné, sous le sourire narquois d'un petit diable à la queue fourchue. Il passa outre, prêt à risquer de perdre son âme pour accomplir sa mission de critique professionnel, et répondit à quelques questions.

En quelques secondes, ce fut fait.

Adrien était désormais officiellement inscrit à Netflix.

Sa première sensation fut celle d'un vertige. Une abondance dont il avait perdu l'habitude, sevré de tant de choses depuis des mois. Les suggestions s'enchaînaient en une litanie inépuisable. Les bandes-annonces dansaient sous ses yeux, le charmant, l'attirant, vivantes, drôles, tragiques, prêtes à tout pour le séduire. Il était Ulysse affrontant le chant des sirènes.

En quarante ans, le nombre de séries diffusées par an était passé de quelques dizaines à plus de 1600 fictions ! Pour regarder la totalité des films et séries disponibles chez le géant, il faudrait une vie entière. Une vie ! Comment ne pas être noyé dans cette masse, dans cet afflux sans fin ? Et comment choisir l'élue au milieu de cet océan ? Adrien mieux que beaucoup comprenait le rôle éminent d'un critique spécialisé dans cet univers surabondant.

Déstabilisé, il faillit se laisser submerger par la masse. Il avait passé des heures à lire des avis et des chroniques pour ses articles, pourtant son choix n'eut rien à voir avec ses explorations.

Ses toilettes accueillaient une pile de livres qu'il appelait l'Hôtel (ou autel ?) des Incompris. Ces livres, il les avait croisés dans une librairie, il s'était senti attiré par leur couverture, leur titre ou leur résumé. Charmé par l'univers qu'il avait entraperçu en les feuilletant, il les avait ramenés chez lui, heureux de les avoir adoptés, impatient de les découvrir. Et puis… et puis la rencontre n'avait pas eu lieu. L'histoire, le style, son humeur, quelque chose avait dysfonctionné, et ils s'étaient croisés sans se reconnaître. Cette pile rendait Adrien malheureux, comme de passer devant la cour de récréation d'un orphelinat en ressentant toute la solitude des pages abandonnées. Alors il gardait ces incompris de côté dans l'espoir qu'un jour, peut-être, ils pourraient tenter un deuxième rendez-vous.

Parmi ces délaissés se trouvait un monument de la littérature qui faisait rougir Adrien d'avoir échoué à l'apprivoiser : *La servante écarlate* de Margaret Atwood. Il avait tant entendu parler de l'œuvre de cette romancière qu'il peinait d'en être exclu. Mais sur l'écran devant lui s'affichait la bande annonce, tentatrice : un raccourci pour découvrir ce qu'il n'avait pu lire.

Adrien partit à la rencontre de sa première série. Ce fut June.

Durant le premier épisode, Adrien resta sur le qui-vive. Il devait avouer à son corps défendant que sa curiosité était piquée. L'atmosphère mystérieuse l'attachait, le tendait vers la scène suivante pour satisfaire son besoin de comprendre. Que se cachait-il derrière les costumes parfaitement taillés ? Les pensées de cette servante écarlate frémissaient dans la voix qui les dictait, la violence des mots contrainte par le visage impassible et le ton imperturbable. Adrien plongeait minute après minute dans un monde terrifiant, une dystopie tellement possible. Quand la fin arriva, il n'avait pas vu passer les 50 minutes. Netflix le poussait à la consommation en activant automatiquement l'épisode suivant, mais Adrien mit sur pause.

Il se leva pour se dégourdir les jambes, profita d'un rayon de soleil pour ouvrir les fenêtres et fit le tour de ses orchidées. Il enleva une fleur fanée d'un côté, tourna une autre vers la lumière, vaporisa une troisième. Pendant ce temps, il réfléchissait à ce qu'il venait de voir, et se trouvait bien embêté. D'abord, ses références étaient complètement dépassées. Il avait redouté et fui quelque chose qui n'existait plus depuis longtemps. Il en ressentait une légère honte. Ensuite… Ensuite, ma foi, il restait sur sa faim.

Il passa un coup de balai, plia du linge, ouvrit sa boîte mail… mais quand tout fut vidé, essuyé, nettoyé, rangé, arrosé, vérifié, il dut bien s'avouer qu'il avait très envie de découvrir la suite. Après avoir joué les indifférents aussi longtemps que possible, il s'assit du bout des fesses sur le canapé et appuya sur le bouton « épisode suivant » pour replonger dans l'histoire.

Puis il appuya encore une fois.

Et encore une fois.

Et encore une fois.

Il lui avait fallu moins d'un après-midi pour être happé par l'univers de Margaret Atwood. Blotti sous son plaid, Adrien gardait les yeux rivés sur l'écran, guettant la nouvelle limite qui volait en éclats. Comment faisaient ces actrices pour transmettre autant d'émotions, avec tant de puissance, alors que leurs traits frôlaient l'immobilité et que leurs mots restaient si policés ? Les rares explosions de violence physique en devenaient terrifiantes. En fait, chaque minute de cette histoire était terrifiante. Une espèce de sidération figeait Adrien sur son canapé. Il ne pouvait s'arrêter, sautait d'épisode en épisode pour atteindre le dénouement, la résolution, le relâchement de cette tension hallucinante.

Adrien avait à peine conscience que les battements de son cœur s'affolaient ou s'apaisaient au gré des rebondissements d'une série. Il avait depuis longtemps oublié qu'il était devant sa télé. Il était aspiré dans la république de Gilead, soumis à sa dictature théocratique. Il ignorait ce qui, dans le chef d'œuvre qu'il regardait, tenait au talent de Margaret Atwood ou à celui du producteur. Il s'en fichait. L'histoire l'avait emporté depuis longtemps, l'élégance et la beauté photographique des scènes l'éblouissaient.

Quand il s'aperçut que la nuit était tombée sans qu'il se soit levé depuis plusieurs heures, il lui fallut bien admettre qu'il était mordu. Un véritable lien affectif s'était construit, épisode après épisode, et il avait la sensation bien réelle d'être *avec* les personnages. Il avait déjà expérimenté cette sensation avec les livres. Mais entrer dans la réalité d'un livre demandait un certain effort, il participait à la construction de l'histoire en imaginant l'apparence des héros, les expressions de leurs visages, les paysages, les lieux décrits… Son imagination travaillait dur pour compléter l'univers esquissé par les mots (un effort qu'il avait parfois peiné à faire ces derniers temps). Là, tout lui était livré clés en main, sans qu'il ait à lever le petit doigt. Ou plutôt, si, justement. Il lui suffisait de bouger l'index sur la télécommande.

Adrien se leva pour préparer une légère collation, et se perdit de nouveau dans la contemplation de la rue déserte par la fenêtre le temps que son plat chauffe. Il prit alors conscience d'un curieux phénomène : son cerveau était silencieux. D'habitude, il grouillait sans cesse d'idées, de questions, d'émotions.

Là, rien.

Ce n'était pas de l'ennui, ni de l'abrutissement. Plutôt un silence qui ressemblait au calme que décrivaient les adeptes de la méditation (Adrien avait essayé de méditer pour apaiser ses mouvements d'humeur, mais cette immobilité à laquelle il essayait de contraindre sa réflexion lui avait fait frôler l'hystérie).

En fait, si Adrien avait dû mettre un terme sur cette impression, il aurait dit que son cerveau ronronnait. Saturé d'images, d'émotions et d'idées, il était dans un état de satisfaction et de bien-être profondément relaxant. Il resta un long moment immobile dans la cuisine, son plat tiédissant puis refroidissant, à savourer cet état. Une petite voix tentait de lui dire que ce n'était pas bien, qu'il devait résister à ce poison qui pourrait vite devenir une drogue. Mais le bien être assourdissait la petite voix. Son cerveau, repu d'expériences à très faible coût énergétique, ne voyait pas pourquoi il aurait dû renoncer à une activité si rentable pour lui. Adrien oublia son repas et alla se coucher pour sombrer dans le sommeil au profit de cette douceur.

Le lendemain au réveil, il réussit à se discipliner pour poursuivre ses recherches. À la périphérie de son regard, le buffet qui cachait la télévision le narguait. Il aurait été si doux d'abandonner son travail pour se glisser au chaud sous la couverture, la main tenant la télécommande dépassant juste de l'ourlet… Il tint bon grâce à la curiosité. Il voulait comprendre le phénomène qu'il ressentait si fort – et qui se prolongeait, puisque ce matin son cerveau ronronnait encore.

Depuis son réveil, Adrien n'avait pas pensé un instant à Félix, à sa mère, à Lucie ou à ses sœurs. Il s'était seulement demandé ce qui allait arriver à June. Cela aussi était très reposant. Car quoi qu'il arrive aux protagonistes, cela n'avait aucun lien avec lui. Inutile donc de se remettre en question ou de soigner ses blessures. Quand Lucie était partie en le livrant aux griffes de sa mère, Adrien s'était senti coupable et malheureux (il était amoureux, et cela lui avait coûté un gros effort de s'ouvrir pour donner sa confiance). Mais quand June était mise en échec, il était triste par empathie, sans être en danger, et sans être responsable. Quel soulagement de pouvoir ressentir tant d'émotions gratuitement !

Adrien perdit le combat contre la tentation aux environs de midi, comme si la cloche de la mi-journée le délivrait de ses obligations. Il avait accompli son devoir en poursuivant ses recherches et en envoyant un nouvel article à Félix.

Regarder sa série était agréable, et ni lui ni son cerveau ne voyaient pourquoi il aurait dû se faire du mal en se privant de quelque chose qui leur faisait du bien.

Il était une fois… les séries - Épisode 3

Chères lectrices et lecteurs, Nouvelle étape de notre voyage dans le temps. Pour beaucoup, nous approchons sûrement du point où Histoire et souvenirs vont se mêler.

Votre mémoire se réveille-t-elle ? Frétillez-vous en retrouvant ce goût d'enfance ? Ou bien l'indifférence, voire l'exaspération, est-elle restée intacte ?

Nous appartenons à une génération où les vécus et les sentiments liés à l'univers télévisuels sont très disparates. Certains ont connu l'absence de télé dans le foyer, d'autres le noir et blanc. Aujourd'hui, essayez de raconter à vos enfants qu'avant, il fallait se lever pour changer de chaîne !

1970-1978
Débats novateurs…

Après 1969, les fleurs et le *Love and Peace,* les désaccords se radicalisent. L'opposition à la guerre du Vietnam en est un exemple criant. Dans ce contexte de durcissement général, les séries vont se faire l'écho de certaines revendications sociales. Attention toutefois, la télé divertissante impose la légèreté : parler de ce qui fâche, d'accord, mais avec le sourire ! Les comédies populaires sont alors prudemment subversives.

C'est ainsi que *M.A.S.H.* réussit à être antimilitariste tout en provoquant sourires et éclats de rire devant le petit écran. D'autres abordent le féminisme, l'égalité des salaires, la liberté sexuelle… toujours avec humour. Mais ne prenons pas l'exemple resté si célèbre des *Drôles de Dames* ! Censées incarner une image plus libre de la femme, elles restent en fait gentiment à leur place : chaperonnées par l'omniscient mais invisible Charlie, on leur demande certes, d'être efficaces, mais aussi et avant tout… sexy.

… et nostalgie !

Pour les nostalgiques de l'époque simple des années 50 où chacun occupait une place précise dans la société, *La Petite Maison dans la Prairie* rend hommage aux pionniers courageux, honnêtes et pieux jusqu'à l'insupportable et *Happy Days* aux délices paternalistes de ces années modèle.

Du nouveau dans le polar

Une nouvelle génération de séries policières se veut plus réaliste : *Les rues de San Francisco* en sont un exemple mythique. Et qui veut chantonner avec moi le générique de *Starsky et Hutch* ... « *les nouveaux chevaliers au grand cœur et qui n'ont jamais peur de rien* » ?

1978-1989 Made in America

Bien sûr, la série « occidentale » est avant tout américaine depuis les origines. Mais les années 80 portent à leur paroxysme le goût pour le « Made in America », cet « American way of life » qui devient l'idéal absolu de tout l'Occident.

Le 1er épisode de *Dallas*, diffusé le 2 avril 1978 donne le ton : le monde appartient aux richissimes héritiers dont le seul objectif est de se battre pour préserver leurs possessions. Et ce monde est clairement divisé entre gentils (le clan de Bobby) et méchants (le sulfureux J.R.). Voici donc la promesse américaine : un monde manichéen où il faut être prêt à tout pour gagner... Enjoy !

Le ton des séries, désormais diffusées en prime time, explore un style plus rythmé et moderne pour rajeunir le public. La débrouillardise de *Mc Gyver*, l'élégance virile de *Magnum*, l'humour de *Madame est servie*... quel bonheur de vivre dans un monde où tout se termine bien. Et où tout le monde est beau bien sûr, le mythique *Alerte à Malibu* nous le garantit !

Innovations de fond...

Une innovation que l'on n'espérait plus : après être restés dans l'ombre des rôles secondaires, les Afro Américains trouvent enfin leur place avec *The Cosby Show*. En 1984, il était temps...

... et de forme

Dans les années 80 se mettent en place dans *Capitaine Furillo* un certain nombre de nouveautés qui persistent encore aujourd'hui. L'idée est de présenter la réalité d'une manière un peu moins simpliste...Les intrigues se multiplient, mêlant celles se résolvant en un épisode et celles courant sur plusieurs épisodes (« arc feuilletonnant »), la caméra devient mobile, donnant un effet d'action saisie « sur le vif », et chaque épisode débute par une séquence pré-générique... le temps que le téléspectateur s'installe confortablement ?

Un cerveau qui ronronne !

Pourquoi regarder des séries apaise-t-il tant notre esprit ? L'explication se trouve dans les mystères neurologiques de cette étrange partie de nous : notre cerveau.

Notre cerveau code les expériences qu'il vit « en vrai » et celles dont il prend connaissance par la lecture ou la télé de la même manière. Qu'il ait peur dans la vie réelle ou en réaction à l'histoire que nous lisons ou regardons, les mêmes zones cérébrales s'illuminent, les mêmes réactions s'enregistrent. On peut même se demander comment le cerveau fait la différence entre une fiction et une expérience réelle.

Mais le résultat est là : après des heures passées à regarder vivre des personnages imaginaires, notre cerveau ne conçoit aucune frustration de n'avoir rien fait de son temps. Il est nourri comme s'il avait lui-même vécu toutes ces aventures.

Si seulement notre corps pouvait se muscler en regardant les Jeux olympiques à la télé !

Adrien Chèquespire

— C'est beaucoup mieux ! D'ailleurs, tu recommences à dépasser la place que je t'ai accordée.

Adrien sourit à son orchidée.

— Tu as enfin plongé dans la mer infestée de requins ?

— Oui, admit Adrien. Et c'est beaucoup mieux que dans mes souvenirs. La série a drôlement changé depuis mon enfance.

— Tout a changé depuis l'enfance, Adrien, et depuis la mienne encore plus. Il n'y a qu'au théâtre où le texte de Molière reste le même depuis des siècles.

— N'importe quoi ! s'offusqua Adrien. Il n'existe pas deux représentations identiques. Les acteurs apportent toute leur sensibilité à l'interprétation, les décors évoluent, le metteur en scène décide de sa propre mélodie… Molière n'est jamais *que* Molière.

Félix sourit dans sa moustache, soulagé de sentir son protégé reprendre pied et retrouver son caractère passionné. Le silence d'Adrien était toujours mauvais signe.

— Qu'as-tu prévu pour le prochain article ?

— Tu verras bien.

Adrien raccrocha de bonne humeur. Il était tôt, il avait encore la journée entière devant lui. Il but son café puis fit ses courses, s'usant à sourire derrière son masque. Il avait prévu un sac plus grand que la dernière fois, son grignotage étant bien plus intensif devant la télé que lors de ses soirées lecture. Puis il prit le chemin des écoliers pour rentrer, et la balade le mena plus loin et plus tard que prévu. Quand il en prit conscience, il accéléra le pas, soudain impatient de retrouver son canapé – et sa télé (mon Dieu, jamais Adrien n'aurait pu imaginer penser une chose pareille !).

Mais ce jour-là, il découvrit un nouvel inconvénient à la situation actuelle (qui pourtant n'en manquait déjà pas), quand il dut présenter ses papiers d'identité en même temps que son attestation de déplacement aux deux policiers qui l'arrêtèrent parce qu'il s'était mis à parler tout haut, déroulant les articulations de son prochain article. Il posa son sac de courses par terre le temps de fouiller dans ses poches. Le policier avec une barbe regarda sa carte d'identité puis Adrien d'u air soupçonneux.

– Vous avez bu ?

– Non, pourquoi ?

– Vous parlez tout seul en faisant de grands gestes.

Adrien loucha sur ses pieds en marmonnant.

– J'étais perdu dans mes pensées.

Son collègue se rapprocha pour lire par-dessus son épaule et ils le fixèrent étrangement, leur surprise se muant davantage en méfiance à chaque aller-retour entre le document et le visage d'Adrien.

– C'est bon, vous pouvez y aller. Traînez pas hein ! finit par lâcher le porteur de barbe.

Adrien hocha la tête sans répondre et s'esquiva. En se retournant brièvement, il eut la vision du policier barbu se vissant un index dans la tempe alors que son collègue déplorait : « On n'en a pas fini avec les dégâts du confinement, c'est moi qui te le dis ! ».

Adrien grimpa les escaliers aussi vite qu'il put et claqua la porte derrière lui, bientôt victime d'un fou-rire qui le plia en deux jusqu'à lui faire mal au ventre.

Adrien en aurait pleuré.

Adrien en pleurait.

Il avait beau essayer de se raisonner, rien n'y faisait. Durant quatre saisons, June et ses son univers avaient semé des émotions dans sa tête. Maintenant, l'histoire était finie, et elles remontaient toutes à la surface. Jalousie, trahison, loyauté, amour, sacrifice, espoirs, déceptions, une certaine forme de justice, très humaine, et toutes les injustices. Il avait beaucoup vibré, à toutes les hauteurs de son de la gamme de ses ressentis.

Et tout à coup, il restait seul. Comme si les personnages lui avaient fait signe depuis le pont d'un bateau les emmenant vers d'autres aventures alors qu'il restait à quai. Abandonné, c'était ça, la sensation qui le rendait si malheureux. Le silence perdait son sens, dénué de but. Plus jamais il n'aurait rendez-vous avec June ou les habitants de Gilead. Il ne saurait pas comment ils grandiraient et vieilliraient. Qui ils rencontreraient, aimeraient, ce qu'ils accompliraient. Il était entré dans leur monde et s'en trouvait éjecté, échoué sur la plage d'une île déserte.

Adrien s'essuya les joues et se rendit dans la chambre pour s'habiller. Puis il se rappela que son café était fermé et qu'il devrait boire son chocolat chaud debout sur le trottoir, sans que Josette lui tapote l'épaule. Il s'assit sur le bord de son canapé, ses longs bras abandonnés sur ses genoux, ne sachant que faire de ce chagrin inconnu.

Il avait l'impression de porter un deuil. Il renâclait à accepter que plus jamais il ne pourrait retrouver June. Il était condamné à rebattre ses souvenirs comme on feuillète un album photos. L'étendue de son chagrin déposa de nouvelles questions dans sa tête. Si lui était à ce point déstabilisé, qu'en était-il des acteurs ? Pendant plusieurs années, ils avaient littéralement été quelqu'un d'autre, s'identifiant à un personnage jusqu'à le devenir, modelant ses mimiques, incarnant sa personnalité. Chaque rencontre avec un fan, l'effervescence des réseaux sociaux, tout concourait à lier acteur et personnage en une seule et même personne.

Avec d'autres acteurs et toute une équipe de tournage, ils partageaient des journées entières, des fous rires, des galères, des émerveillements... Leur complicité se forgeait jusqu'à les transformer en famille. Et quand cette fin, cette terrible fin, arrivait, chacun devait repartir de son côté. Les acteurs de série étaient-ils suivis par un psychologue ?

s'interrogea Adrien. Existait-il des séries-thérapies pour surmonter la disparition de leur double ?

Il avait besoin d'une professionnelle des séries pour comprendre ce qui lui arrivait – et surtout y remédier.

– Paris brûle ? La fin du monde est annoncée ? Tu as appris que tu devais mourir dans moins de vingt-quatre heures ?

Adrien souffla bruyamment dans son téléphone, se refusant à répondre malgré (ou peut-être à cause) du sourire moqueur qu'il devinait sur les lèvres de Fabienne.

– Allez, bonjour petit frère, même si tu vas bien dans un monde qui continue de tourner comme il peut.

Adrien entendait des bruits autour d'elle. Fabienne devait être dans sa cuisine, elle était presque toujours dans sa cuisine quand elle n'était pas au travail. C'était la pièce où elle régnait en reine et où toute sa famille lui obéissait au doigt et à l'œil (dans les autres pièces, mari et enfants pouvaient tenter des négociations, voire même des mutineries, mais pas dans la cuisine).

– Tu veux quoi ? insista Fabienne.

– Pourquoi dès que je t'appelle, c'est forcément parce que je veux quelque chose ?

– Parce que c'est toi, Adrien. Tu souffres d'intolérance à la famille, tu ne nous supportes qu'à doses minuscules – et obligatoires, comme Noël ou les anniversaires.

Fabienne ne reprochait pas, elle faisait un constat. Mais pour la première fois, Adrien entendit toute la tristesse contenue dans ce constat, et pour la première fois, il s'en voulut d'être aussi distant.

– Tu vas bien ? essaya-t-il maladroitement.

– Adrien, tu m'inquiètes. Si tu as une mauvaise nouvelle à m'annoncer, fais-le franchement et arrête de tourner autour du pot.

Adrien frotta son doigt sur la couture de son jean jusqu'à sentir la chaleur brûler sa peau.

– Tu promets de ne rien dire à Maman ?

– Sérieux ? Tu as perdu ton écharpe à l'école ? Tu as cassé ta voiture télécommandée ? Adrien !!! Tu as trente ans maintenant !

Adrien croisa les bras, vexé et n'ouvrit plus la bouche. Fabienne finit par s'impatienter.

–Écoute, j'en suis au sixième gâteau de la semaine, j'en ai marre et je m'ennuie. Je ne dirai rien à Maman, croix de bois, croix de fer. Alors raconte.

– Comment tu fais pour ne pas être triste à la fin d'une série ?

–… Une série ? … La vache, c'est sérieux alors ce que disait Maman ? Tu vas mal à ce point ?

Adrien se leva et alla chercher un jus d'orange dans le frigo pour prendre de la distance avec cette idée qu'il allait mal – vraiment mal – et que sa propre mère le criait sur tous les toits.

— Que dit Maman, exactement ?

— T'occupes, on s'en fiche. C'est quoi cette histoire de séries ?

— Tu connais Félix. Il en avait marre que je sois au chômage, c'est lui qui m'a imposé le sujet.

— Les séries ? répéta Fabienne, toujours aussi incrédule.

— J'en ai regardé une. Et… Je ne veux pas que ce soit fini, Faby, chuchota Adrien, de nouveau au bord des larmes.

Il regretta de ne pas être allé voir sa sœur, au lieu de l'appeler. Elle l'aurait pris dans ses bras et aurait tapoté sa tête pour le consoler, elle faisait toujours ça quand il l'appelait Faby.

— Ça va aller, mon grand, murmura-t-elle.

— Mais ils me manquent !

— Tu vas faire comme dans la vie, quand quelque chose que l'on aime s'arrête. Le meilleur moyen de tourner la page, c'est de commencer une nouvelle histoire.

Savait-elle, Fabienne, qu'elle venait de faire basculer son frère dans un terrible engrenage ?

Il était une fois… les séries - Épisode 4

Chères lectrices et lecteurs,
Ah, les années 90 ! Enfin l'Occident retrouve son unité, il n'est plus scindé en deux parties distinctes et irréconciliables, l'Est et l'Ouest. C'est peut-être l'époque d'une certaine euphorie, technologique en tout cas. Internet, le téléphone mobile, la télé par satellite et le boom des jeux vidéo transforment notre quotidien, bouleversent nos rapports, déplacent nos repères. Nous faisons nos premiers pas dans ce « être ensemble virtuellement » qui compose une si grande part de nos relations humaines actuelles, pour le meilleur et pour le pire.

Les années 90
Rébellion, marketing et début d'indépendance

Fini de dorloter un public par des divertissements et une joie de vivre inébranlable ! Après 40 ans de travail, il est prêt à passer aux choses sérieuses. La série est là pour lui parler de ce qui cloche, de ce qui dérange, de ce qui n'est pas à sa place. La série analyse, décortique, critique et ironise. Elle devient même satyrique. La mythique série animée *Les Simpson*, née en 1989 en est l'exemple le plus célèbre. *Urgences,* autre série phare, injecte un hyper réalisme dans la fiction. Qui n'a pas entendu le témoignage de quelqu'un qui connaît quelqu'un qui connaît un prof de médecine qui conseille à ses élèves de regarder George Clooney pour réviser ?

Publics ciblés

Le marketing évolue à grands pas dans ces années 90, et la télé se hâte de mettre en application ses découvertes. Autant les séries précédentes s'adressaient à toute la famille, autant dans les années 90, c'est chacun chez soi.
Les ados égaient leur puberté avec *Beverly Hills*, le succès glamour par excellence (combien de Brandon et Dylan dans les petits français de cette époque ?) ou *Buffy contre les Vampires* (déployant avec délices le parallèle entre cet univers fantastique et les affres de l'adolescence).
Pour ceux qui ont dépassé les turbulences de l'adolescence, *Friends* plante le cadre d'une jeunesse idyllique où tous les problèmes finissent par trouver leur solution dans le rire et l'amitié sans faille de la bande

de copains – bien plus solide que la famille nucléaire traditionnelle qui vacille.

Et pendant ce temps-là…

Pendant ce temps-là, la France programme *Hélène et les garçons* et *Joséphine ange-gardien*… Sans commentaire.

De l'art dans la série

En réalisant *Twin Peaks*, David Lynch offre à la série ses lettres de noblesse. Il démontre qu'il est possible d'avoir des ambitions artistiques à la télévision et rompt avec les origines historiques de la série : pour la première fois, l'image a autant d'importance que le texte. Tout son talent de réalisateur de cinéma tend à donner à *Twin Peaks* une dimension esthétique digne d'un film.

1997-2007 - La liberté par l'indépendance financière

Les publicitaires ont toujours été là, décidant dans l'ombre de la nature des séries qui seraient diffusées. Le risque de perdre les recettes des publicités était un moyen très efficace d'orienter les programmations. Mais l'apparition des « chaînes à péage » (payantes donc pour le téléspectateur) libère la télé de cette contrainte. HBO révolutionne la série avec audace grâce à cette indépendance. *Oz* témoigne de l'inhumanité de la vie carcérale aux Etats-Unis avec une crudité jamais vue à la télé. *Sex and the City* déballe l'intimité sexuelle de quatre jeunes femmes. *Les Soprano* exposent sans concession l'Amérique des années 2000. *Six Feet Under* partage la vie d'une famille de croque-morts…Les auteurs peuvent tout dire, tout montrer, tout dénoncer.

Et ça marche ! Le public aime, pleure, vibre, frémit et adhère. Du coup toutes les chaînes leur emboîtent le pas et rivalisent d'inventivité.

Les limites de la morale se font plus floues, disparu le monde en noir et blanc d'*Happy Days* ou *Dallas* !

Dexter ou *Prison Break* inversent les rôles, les méchants sont les gentils. *Grey's Anatomy* explore sans contrainte tous les thèmes de société. *Les Experts* portent à leur paroxysme réalisme et violence graphique. Les anti-héros sont à la fête. On aime tant détester le *Dr House*…

L'inconvénient ? Finie la grande série qui rassemble tout le monde le lendemain autour de la machine à café. Chacun évolue désormais dans l'univers qu'il a choisi.

En France, enfin, le réveil sonne. Canal + crée *Engrenages*, puis France 3, Arte ou OCS lui emboîtent le pas.

Quelques records…

Au fur et à mesure de leur développement exponentiel, les séries accumulent des records dans des domaines aussi nombreux qu'inattendus…

- l'épisode le plus vu : *Dallas*. J.R. s'est fait tirer dessus devant plus de 360 millions de téléspectateurs !
- l'épisode le plus coûteux : *Band of Brothers*, l'Enfer du Pacifique… 15 millions de dollars !
- la série la plus exportée : *Alerte à Malibu*, diffusée dans plus de 140 pays. Petit cocorico, la série *Sous le soleil* est exportée dans 135 pays !
- la série la plus longue : *Haine et Passion*, débutée en 1952 durera…57 ans ! Soit un total de 15 762 épisodes de 42 minutes.
- le meilleur salaire d'actrice : *Friends* offre 1 million par épisode à ses actrices…
- l'épisode ayant provoqué le plus grand nombre de crises d'épilepsie : *Pokémon*. 685 téléspectateurs en furent victimes en regardant l'épisode diffusé le 16 décembre 1997 en raison du violent flash rouge et bleu (10,8 images/ seconde)
- Et pour finir sur un point plus optimiste, quel personnage fut adapté le plus souvent à l'écran (cinéma et séries télé) ? Notre bon vieux Sherlock Homes ! Voilà qui aurait fait plaisir à Sir Arthur Conan Doyle.

Séries blues

Au dernier épisode de la dernière saison, armez-vous d'un paquet de mouchoirs et de tout ce qui pourra vous réconforter… car la fin de l'histoire va vous débarquer d'un univers que vous avez appris à aimer.

Même prévenu, l'expulsion paraît brutale. Après ces dizaines, ces centaines d'heures partagées, après tous ces secrets, ces chagrins, ces bonheurs… du jour au lendemain, vos personnages ne seront plus au rendez-vous ?

Amertume de la fin du voyage, désir ardent de refaire le chemin pour revivre toutes ces émotions ensemble, quand l'univers à découvrir était infini, quand vous étiez *avec eux*.

Bien sûr, vous trouverez des extraits, des photos, des infos à partager avec d'autres fans sur les réseaux. Comme l'écharpe oubliée qui garde le parfum de l'être aimé. Mais vos héros seront bel et bien partis. Et le sentiment d'abandon et de solitude peut se révéler aussi effroyable que lors d'une rupture amoureuse.

Comment retrouver le sourire ? Guérir ? … En attaquant une nouvelle série bien sûr, comme une nouvelle rencontre apaise le cœur et fait renaître des possibles.

Alors… Quelle série regarderez-vous demain ?

Adrien Chèquespire

— Encore un épisode et j'éteins, marmonna Adrien.

Il bougea juste le bras pour pointer la télécommande vers l'écran, puis se rencogna dans les coussins pour baigner encore un temps dans l'histoire. Ou dans l'Histoire ? Il dévorait la mini-série *Band of Brothers* réalisée par Tom Hanks et Steven Spielberg, deux pointures s'il en est dans le monde du cinéma[21]. Et revivait depuis plusieurs heures la Seconde Guerre mondiale.

Un de ses amis (il aurait même pu dire son frangin) divisait le temps en dodos nuits quand il attendait quelque chose (c'était très efficace pour patienter, il pouvait en témoigner). En quelques jours, Adrien en était venu à compter le temps en épisodes.

« Je vais me coucher dans deux épisodes » (utopique, il dépassait toujours).

« Les magasins ferment dans trois épisodes, j'ai le temps » (et sinon, il reste un ou deux trucs au congélateur).

---

[21] J'avoue, j'ai triché ! Elle n'est pas dans le catalogue Netflix. Mais parler de série sans parler d'elle, ce serait juste... un crime. Cette mini-série est un chef-d'œuvre.

« Si je travaille bien demain, j'aurai le temps de regarder cinq épisodes dans la journée » (et si j'ai la flemme de travailler, qui le saura à part moi ?) ...

Il aurait pu complexer de ces dizaines d'heures passées vautré dans le canapé, mais Félix en personne l'avait demandé pour son travail, n'est-ce pas ? Et cela portait même un nom : le « Binge watching », ou la boulimie de séries.

Félix finit tout de même par s'inquiéter.

— Est-ce que tu pourrais, une fois dans ta vie, faire les choses avec un peu de mesure, Adrien ? Je t'ai demandé quelques articles, pas de regarder la totalité des programmes en quelques semaines !

Adrien avait mis sa télé en pause mais ne l'écoutait que d'une oreille, il profitait de l'interruption pour ranger sa cuisine.

— Tout va bien. Je fais un rattrapage intensif parce que je ne connaissais rien au domaine. Après, ça ira mieux.

Félix leva les yeux au plafond et mima l'étranglement de son poulain avant de souffler dans le téléphone.

— Mais après *quoi* ?

— Après que j'ai rattrapé mon retard, observa Adrien, placide.

Félix soupira et se demanda si le remède n'était pas pire que le mal. De quel retard Adrien parlait-il ? Il n'allait pas regarder cinquante ans de séries télé en quelques mois !

— Tu es devenu complètement accro, déplora le rédacteur en chef.

Adrien repoussa le souvenir des fois où il avait préféré sa télé à l'appel d'un ami. Ou ce jour où il avait baissé le volet roulant pour que le magnifique rayon de soleil ne se reflète pas dans l'écran. Il ignora aussi la couche de poussière qui recouvrait sa pile de livres et les emballages de plats cuisinés qui emplissaient sa poubelle. Oui, les mots de Félix contenaient peut-être un soupçon de vérité.

— Absolument pas, mentit effrontément Adrien. Simplement, je dois travailler plus dur car j'ai ignoré cet univers pendant des années.

— Tu pourrais aller voir Maximilienne quelques jours ? À défaut de traire des vaches, tu pourrais l'aider à promener les chiens, tenta Félix.

Adrien grimaça d'horreur. Max allait l'attraper par le col et le jeter dehors en lui disant de bouger sa graisse (alors qu'il était mince comme un fil). Elle ne le laisserait pas approcher du canapé avant le dîner, et alors ce serait encore une fois elle qui choisirait ce qu'ils regarderaient !

— Sans façon, merci, repoussa poliment Adrien. Dis, Félix, tu sais ce qui est étonnant, quand même ?

— Plus étonnant que toi t'enfilant de la télé à longueur de journée tu veux dire ?

Adrien ignora la remarque et poursuivit son idée.

— On est dans une société où tout doit aller vite, de plus en plus vite. Et pourtant, les séries ont un succès hallucinant. Alors qu'elles développent pendant des heures et des heures ce qu'un film raconterait en une heure trente.

— Et tu en penses quoi ?

— Qu'on en a marre de courir tout le temps, d'une info à l'autre, d'une technologie à l'autre, d'une tache à l'autre. Et que cela fait du bien de se concentrer sur une seule chose. De prendre le temps de vraiment connaître des personnages, d'explorer une histoire ou un univers sous toutes ses coutures. Cela donne la sensation d'avoir à nouveau… des repères, peut-être, hésita Adrien.

— Tu te sens perdu ? demanda Félix.

— Ça suffit, Félix ! Je ne te parle pas de moi, je ne suis pas 204 millions d'abonnés dans le monde à moi tout seul ! Je te parle de nous, de notre façon de vivre, de notre société. Cela fait du bien de prendre le temps de faire quelque chose à fond.

Adrien et Félix raccrochèrent sans être parvenus à se convaincre mutuellement. Félix craignait qu'Adrien n'ait sombré dans l'addiction, Adrien n'avait pu lui démontrer qu'il gérait cette nouvelle passion. Le temps donnerait raison à l'un des deux. Ou pas.

Adrien se frotta les reins en grimaçant. L'inconvénient de ces longues heures d'immobilité avachie tenait dans la fonte de ses muscles. Son corps douloureux se rebellait contre l'inaction qui le ramollissait. Adrien regarda pensivement par la fenêtre, les inquiétudes de Félix lui trottant dans la tête malgré ses dénégations. Peut-être devait-il s'organiser un peu, surtout si cette nouvelle activité s'installait dans la durée.

Il lui restait une heure de liberté avant le couvre-feu. Il attrapa son manteau et glissa un carnet avec un stylo dans sa poche. L'inspiration lui venait souvent en marchant, et un peu d'air lui ferait le plus grand bien. Il arpenta les rues, son reflet glissant dans les vitrines des magasins, ses longues jambes retrouvant un peu de leur élasticité au fil de sa promenade.

Il observait les passants avec une bienveillance qu'il n'avait pas ressentie depuis longtemps. Il les voyait courir, jetant un œil angoissé sur leur montre. Certains portaient leur masque avec nonchalance, distraitement, comme un accessoire que les caprices de la mode leur imposaient. D'autres s'assurait régulièrement qu'il soit bien en place, armure protectrice. Au lieu de se bousculer comme avant, les gens ralentissaient ou faisaient un pas de côté pour s'éviter. Est-ce que l'optimisme pouvait porter à croire que tous allaient retirer de cette épreuve une conscience plus attentive de la présence des autres ? Adrien restait dubitatif, mais appréciait de ne plus se faire heurter pendant sa rêverie.

Il retrouva la tiédeur silencieuse de son appartement à 19 heures précises. Son silence lui parut apaisant, presque complice. Sortir lui avait fait du bien. Il prit plaisir à se préparer un vrai repas, coupant les légumes frais et les assaisonnant avec soin avant de retrouver sa place dans le canapé, la conscience tranquille du devoir accompli. Avant d'allumer la télé, il se promit que dès le lendemain, il ferait des séances de Pilates en ligne, comme il avait vu Lucie le faire. Ainsi, il ne souffrirait plus de son indolence. Il pourrait regarder ses séries sans compter – et être en pleine forme. Cette fois il plongea pour de bon dans son épisode, l'esprit libéré de toute culpabilité. Le simple fait d'appuyer sur le bouton de la télécommande avait quelque chose de jouissif. Adrien était le chef, une sorte de démiurge tout puissant : c'était lui qui décidait quand l'histoire démarrait.

Ses dernières découvertes auraient dû horrifier Adrien. L'algorithme de Netflix était d'une puissance effrayante. Quelque part de l'autre côté de l'Atlantique, plus de neuf cents ingénieurs travaillaient en permanence pour le nourrir et l'affiner. Ils le gavaient de données personnelles : que regardait chaque spectateur, à quel rythme, de quoi avait-il envie d'une série à l'autre… dans l'objectif de proposer un programme personnalisé en adéquation parfaite avec le goût de chacun. Et l'algorithme continuait à apprendre des réactions à ses propositions.

Le système était poussé encore plus loin. L'algorithme avait aussi comme objectif de définir les attentes des clients, puis de proposer de nouveaux projets de fictions sur mesure. *House of Cards* répondaient à l'envie de « conspiration politique + Kevin Spacey ».

Adrien sentait qu'il aurait dû être terrorisé. Il aurait dû débrancher sa télé avant de lui planter un pieu dans le cœur. Avec de tels procédés, que deviendrait la liberté des créateurs ? Que deviendrait le téléspectateur pressé de libérer du temps pour regarder la série créée exprès pour le faire baver d'envie ? Il ressentait tout le sournois de la méthode. Jusque-là, la tyrannie s'imposait par la violence et la peur. L'envie de s'en débarrasser venait naturellement. Mais si la tyrannie se faisait séductrice charmeuse, offrant une béatitude qui annihilait tout recul, comment trouver la force de la combattre ?

Adrien fut presque soulagé de découvrir qu'il suivait toujours son penchant à sombrer dans l'excès et la caricature. La tyrannie de Netflix, rien que ça ! Il en rigola presque tout seul. Puis il se dit que même caricatural, le concept restait valide. Il suffisait de trouver le « point de ronron » du cerveau de chacun. Et Netflix le cherchait déjà quotidiennement pour plus de 204 millions d'abonnés dans le monde. Du point de vue d'Adrien, c'était déjà une sacrée réussite.

— Petit, tu ne peux pas continuer comme ça…

La culpabilité de Félix décuplait son inquiétude.

— Je vais bien, Félix. Promis.

Son mentor le contempla avec compassion. Adrien était calme, trop calme. Serein, trop serein.

— Je ne crois pas, petit. Si j'avais su…je croyais qu'un nouveau sujet allait t'aider à traverser cette salle période.

— Mais c'est le cas.

— Non. Tu fuis la réalité. Il faut que tu reviennes à ce qui se passe dans la vraie vie, maintenant, en ce moment. C'est dur, d'accord. Mais tu ne peux pas l'ignorer.

Adrien soupira.

— Tu veux vraiment me parler de l'instant présent ? De la pleine conscience ?

— Tout de suite les grands mots, bougonna Félix.

— Aucun problème. Je savoure pleinement l'instant présent. Je concentre toute mon attention sur cet instant présent.

— N'importe quoi. Tu es toujours la tête dans ces foutues séries de malheur ! Je vais finir par refuser tes articles !

Adrien sourit en coin. Ça, ça ne risquait pas d'arriver ! Ses lecteurs s'enflammaient avec lui et il croulait sous les messages.

— Tu voudrais que je me concentre sur l'instant présent réel ? Pourquoi ? Il me rappelle constamment ce qui aurait pu être. Notre vie normale, sans masque, sans distance. Avec théâtre, restaurants, concerts, cinéma, amis. C'est une torture. Cela ne fait que me rappeler tout ce que je perds.

Adrien se leva et contourna Félix pour ouvrir la fenêtre, secoua son plaid plein de miettes par-dessus la rambarde.

— Mon corps et mon esprit réclament toute cette nourriture qu'ils avaient sans compter. Depuis combien de temps je n'ai pas serré quelqu'un dans mes bras ? Ou seulement vu un ami éclater de rire ? Même la grimace mal aimable d'un inconnu, je ne sais plus ce que c'est.

Adrien referma la fenêtre, entreprit de plier soigneusement la couverture pour la déposer sur l'accoudoir du canapé.

— Et si je regarde demain ? C'est pareil. Toujours pareil, depuis des semaines et des mois infinis. Comme si l'horizon était bouché. Alors tu sais quoi ? Ben c'est con, finalement, l'instant présent.

Il ramassa les verres, passa un coup de chiffon sur la table basse.

– Je suis bien obligé de le vivre, je ne peux pas me télétransporter à une autre époque. Par contre, je peux choisir l'instant présent que je veux vivre. Et pour l'instant, mon choix tient dans un écran d'un mètre de large.

– Ça ne peut pas durer, Adrien. C'est impossible.

– Que m'as-tu dit l'autre jour ? Que beaucoup de jamais se réalisaient en ce moment ? Ben c'est pareil pour les impossibles. Beaucoup deviennent possibles. Alors je vais continuer comme ça, simplement parce que ça me permet d'attendre sereinement.

– Je n'aurais jamais dû te mettre sur ce sujet, regretta Félix en éteignant sa pipe et en se levant.

Adrien sentit un brusque élan d'affection pour son protecteur, et ignorant tous les interdits, il s'approcha pour le serrer dans ses bras. Félix lui rendit son étreinte, signe qu'il était vraiment inquiet.

– Félix, si tu savais le bien que ça fait ! Pendant que je regarde mes épisodes, je n'ai plus peur. Évanouies les mille et une questions sans réponse qui me rendaient dingue. Je ne me désespère plus. Je ne souffre plus. Je ne vois pas le temps passer.

– Mais tu ne fais plus rien !

– J'apprends, Félix ! Tu n'as pas idée de tout ce que j'apprends !

Il était une fois… les séries - Épisode 5

Chères lectrices et lecteurs,
Nous allons bientôt rejoindre le point zéro de notre histoire, revenir à l'Instant Présent, deux mots devenus lourds de sens aujourd'hui. Faisons ces derniers pas ensemble…

2007 – aujourd'hui

Fin 2007, une grève des scénaristes pour protéger leurs droits et une crise économique rendent les chaînes plus prudentes.

D'un point de vue créatif, les frontières tremblent. Télévision et cinéma sont-ils encore si éloignés ? De grands réalisateurs comme Scorsese clament trouver plus de liberté dans le petit écran qu'à Hollywood (un blasphème peu de temps auparavant !). Les frontières géographiques s'ouvrent également. Les Etats-Unis perdent le monopole de la série de qualité, chaque culture offrant des fictions dans une atmosphère qui lui est propre, comme les polars nordiques l'ont déjà fait en littérature, par exemple.

Les multiples quêtes identitaires qui agitent nos esprits aujourd'hui se retrouvent dans nos histoires. *Orange is the new black* défriche une terre fertile pour l'avenir : les problématiques féminines, la recherche d'identité sexuelle, et cette liberté d'être soi qui devient de plus en plus difficile à atteindre. *La servante écarlate* ou *Captive*, toutes deux adaptées de romans de Margaret Atwood, s'inscrivent également dans cette tendance forte qui dénonce le patriarcat et met les femmes au premier plan.

La série a longtemps travaillé sur les points forts de son ADN, les dialogues et les personnages dans des univers complets. Mais certains osent le grand spectacle, avec un panache qui rappelle les péplums de notre enfance : *Game of Thrones*, premier « blockbuster » de l'histoire des séries.

Après plus de 60 ans de dénigrement, les séries ont conquit leurs lettres de noblesse. Objets de critiques très sérieuses dans la presse, étudiées à l'université, elles sont enfin devenues un art à part entière.

Et demain ?

Après l'explosion du streaming (le fait de regarder en ligne des séries sur des plateformes dédiées – je refuse d'évoquer le streaming illégal, pillage des artistes), quelle sera la prochaine (r)évolution de cette étrange et imprévisible bête moderne ?

Certains parlent de séries interactives, et déjà des tests sont réalisés.

Certes, on pourrait penser que le téléspectateur adorera l'idée d'être maître du jeu, malgré l'échec relatif des « livres dont vous êtes le héros ». L'expérience se révèle peu concluante. Elle laisse l'impression de rater des choses (que se passe-t-il dans les autres versions ?), et puis, soyons honnêtes… Si on allume sa télé, c'est justement pour être « pris en main ». La télé est un merveilleux moyen de raconter des histoires. Mais personne n'a envie de devenir l'auteur du scénario ! Le téléspectateur veut s'asseoir sagement et écouter son histoire du soir.

De plus en plus de jeux vidéo utilisent de vrais acteurs pour modéliser leurs personnages. Et des acteurs de haut vol se retrouvent criblés de capteurs à évoluer dans le vide devant des fonds verts pour incarner des super-héros. Cela va-t-il se généraliser un jour ? Pourrons-nous scanner notre visage, notre silhouette, pour entrer dans l'écran, passer de l'autre côté du miroir ? Notre cerveau résisterait-il à la folie s'il croyait se voir entrer pour de vrai dans l'histoire ?

Lecteurs et téléspectateurs sont victimes de la même illusion. Non, regarder des séries ou lire n'est pas une occupation si passive que cela. Dans un cas comme dans l'autre, on apprend. Je ne parle pas uniquement de culture générale.

On apprend également en tant qu'être humain.

Passer des heures à vivre avec des personnages, au point qu'ils deviennent réels pour nous, permet de sortir de soi pour mieux comprendre l'autre.

Cette empathie n'est-elle pas un bien précieux ? Essentiel même, surtout pour traverser notre période troublée sans perdre notre humanité ?

Vous avez dit accro ?

Quelle est la frontière entre passion et addiction ?

D'un point de vue médical, le terme d'addiction ne peut pas s'appliquer aux séries, tout simplement parce que l'Organisation Mondiale de la Santé ne les a pas inclues dans la liste officielle des addictions. On parle donc de « comportement addictif ».

La limite entre passion et addiction se définit dans une évaluation du rapport entre ce que la série apporte et ce qu'elle prend. Préférer son écran à ses amis, délaisser ses occupations habituelles pour ne plus faire que « binge watcher », se priver de sommeil pour consommer plus, se détourner de son travail et de ses responsabilités... En fait, l'addiction se définit surtout par la façon dont elle vampirise les autres activités. Quand elle est source de souffrance, c'est que la relation est devenue toxique.

Dans ce cas, restructurer son emploi du temps pour varier les plaisirs permettra d'ajouter à sa vie le bonus des séries sans anéantir le reste.

Adrien Chèquespire

— Les salles vont rouvrir. Toutes.

Adrien se laissa tomber sur le banc où il avait posé ses sacs de courses pour répondre à Félix.

— Quoi ? Comment… Que… Je ne comprends pas.

— Les salles vont rouvrir, Adrien. À toi Molière, Shakespeare, et toutes les pièces que tu voudras ! Les nuits parisiennes vont bruire de spectacles, de pièces, de représentations !

Adrien était incapable de réagir, de s'arracher à la bulle d'attente où il avait renoncé à compter les jours.

— Adrien, tu vas de nouveau pouvoir te glisser dans la pénombre jusqu'à un fauteuil de velours rouge. Guetter le lever du rideau. Te nourrir d'acteurs en chair et en os jouant devant toi, pour toi. Frissonner, rire, pleurer. Applaudir à en avoir chaud et mal aux paumes, te lever pour une ovation et avoir les larmes aux yeux devant les artistes s'inclinant… Adrien, c'est fini… tu peux reprendre ta vie !

Fini ? Adrien restait hébété malgré la poésie de Félix. Tout au fond de son ventre, il prenait lentement conscience d'une boule dure qui palpitait faiblement. Une boule d'attente qui s'était enfoncée au plus profond de lui pour fuir le découragement. Il peinait à croire qu'il allait pouvoir la laisser remonter à la surface et s'ouvrir.

Il regarda alentour, les passants s'activaient sans se soucier de lui. Un étrange malaise le souleva, il quitta son banc en oubliant ses sacs, ses pas s'allongeant de plus en plus. Il avait glissé son téléphone dans sa poche sans prêter attention à la voix de Félix qui s'époumonait dans son jean. Il monta les escaliers quatre à quatre et ferma vivement la porte derrière lui, essoufflé. Adrien ausculta sa poitrine, ses bras, son ventre comme s'il pouvait localiser la peur qui précipitait sa respiration.

Derrière ses paupières fermées, il se voyait entrer, frôler des corps dans une salle sombre. Assis au premier rang, recevoir un postillon, une goutte de sueur. Au buffet d'une première, serrer une main, embrasser la joue d'une collègue, laisser une autre le serrer dans ses bras. Adrien verrouilla la porte comme s'ils allaient tous surgir pour envahir son salon. Tout cela était beaucoup trop risqué. Se voir « en vrai », se toucher, s'embrasser, partager le même espace, respirer le même air… Tout cela était devenu tabou. Interdit. Et remettre ses émotions en laisse, les enfermer sous sa peau, s'épuiser à les contrôler… Non, décidément, vivre auprès d'autres humains était trop dangereux.

Résolument, Adrien s'assit sur son canapé pour brandir la télécommande. Il laissait le théâtre à d'autres, lui resterait à l'abri ici, chez lui, et vivrait par procuration. Après tout, depuis sa rencontre avec Netflix, jamais sa vie n'avait été aussi bien remplie, aussi apaisée. Il avait partagé mille aventures, découvert autant d'univers. Il lui semblait que jamais il n'avait aussi bien compris les êtres qui l'entouraient. Il avait appris à se mettre à leur place, à résonner au diapason de leurs émotions. À suivre tant de personnages si réels pour lui, il avait gagné en empathie. Il avait été jusqu'à compatir avec les affres d'une reine ! Ses semblables lui paraissaient maintenant attachants, émouvants, attendrissants même.

Et inoffensifs. Adrien avait pu tisser tant de liens, sans craindre d'être rejeté ou jugé, sans redouter de faire une erreur ou de se disputer. Il ne pouvait ni décevoir ni être blessé par les habitants de sa télé. Ils l'enrichissaient sans pouvoir l'atteindre. Cela n'avait peut-être aucun sens, mais il ne pouvait le nier. Il ne voulait plus d'un retour à sa vie d'avant. Il était même terrorisé à cette idée.

Dans sa poche, les vibrations frénétiques de son téléphone lui disaient que Félix s'inquiétait pour lui. Mais il se sentait incapable de replonger dans la vraie vie. Le monde était peut-être devenu trop violent et dangereux pour lui. Adrien alluma la télé.

— Bordel, Adrien, tu vas décrocher ? Sinon je vais rudement te secouer les puces une fois dans ta niche ! hurla Max dans le répondeur.

Félix avait parlé. Adrien aurait dû savoir qu'ignorer ses appels était le pire moyen de gérer la situation. Comme s'il lui écrivait dans le ciel en grosses lettres rouges « Je me noie – envoie la cavalerie ». Adrien ignora les sonneries tant qu'il put. Mais le cumul de l'interphone, de son téléphone portable et de son fixe le fit craquer.

— C'est du harcèlement, grogna-t-il dans le micro avant de déverrouiller la porte de l'immeuble.

Il les entendit gravir l'escalier longtemps avant qu'elles n'arrivent à son palier, son angoisse montant au même rythme qu'elles. Mais quand elles surgirent à la dernière marche, cela lui fit un pincement étrange du côté du cœur, un pincement doux. Fabienne grimaçait sous le poids de ses sacs. Vivienne trépignait sur ses talons et Maximilienne fermait la marche d'un pas décidé. Elles entrèrent en le repoussant sans prêter attention à ses grimaces. Il reçut trois baisers et une triple accolade. Il ne savait pas trop comment les rendre. Elles le poussèrent le long du couloir jusqu'au salon. Investirent sa cuisine comme s'il n'était pas là. Combien de temps pour qu'elles effacent son désordre et s'équipent d'assiettes et de verres ? Qu'elles déposent le tout sur la table basse alors que Fabienne déballait des gâteaux et des boissons comme s'ils sortaient du sac de Mary Poppins ?

Il se retrouva assis sur son canapé, encerclé. À sa droite, Fabienne lui tendait une part de cake et tapotait sa tête. À sa gauche, Maximilienne s'était approprié la télécommande et faisait défiler les suggestions en commentant à voix haute sans attendre leur réponse. Vivienne distribua les plaids avant de se nicher contre Max.

— Moi je n'ai pas encore eu le temps de regarder la saison 3 de… essaya Viv.

— Non, coupa Max.

— Mais tu ne m'as même pas laissée finir, s'offusqua la petite dernière.

— Pas la peine, tu ne choisis pas, point. T'as des goûts de chiotte, trancha Max avec sa délicatesse habituelle.

— On demande au petit ? suggéra Fabienne comme si Adrien n'était pas là. Maintenant qu'il s'y est mis…

— Pourquoi il pourrait choisir alors qu'il commence tout juste ? protesta Vivienne. Moi, ça fait des années que j'attends !

Adrien baignait dans ces échos du passé. Elles semaient son canapé de miettes à chaque geste. Se chamaillaient pour décider de la série. Max monopolisait la télécommande. Il lui semblait avoir rajeuni de vingt ans, sauf que cette fois, il était assis *avec* elles.

– J'arrive à temps ? Vous n'avez pas commencé sans moi ?

Maman se précipita dans le salon et bouscula la nichée pour conquérir le dernier espace libre.

– Maman ! brama Adrien. Je t'avais dit de me rendre mes clés !

– Et je l'ai fait, mon grand, pour qui tu me prends ? Tu n'avais pas dit que je ne pouvais pas faire de double avant, rétorqua Maman en piochant des bonbons dans un bol.

Max fit un clin d'œil à Adrien et appuya sur la télécommande.

– Maximilienne ! s'exclama Maman d'une voix pincée. Tu vas me faire le plaisir de changer tout de suite !

Les sœurs et « le petit » échangèrent des sourires complices alors que les zombies commençaient à se répandre sur l'écran[22].

---

[22] *The Walking Dead. O.K., j'avoue, je suis une fan inconditionnelle. Je guette chaque nouvel épisode et me désole déjà que la onzième saison en cours soit également la dernière !*

— On est tous trop grands pour faire des cauchemars, assura Fabienne.

— Ou est Papa ? demanda Adrien.

Elles le regardèrent toutes les quatre comme s'il avait dit un gros mot.

— Dans son jardin, voyons, Adrien. Décidément, tu es désespérant !

Maman prit son souffle pour dérouler la longue liste de récriminations qu'elle déballait à son fils chaque fois qu'ils se voyaient, mais les trois sœurs soupirèrent bruyamment.

— Maman, chut. Si tu veux parler, va désherber avec Papa, pesta Fabienne.

Maximilienne monta le son et les zombies déferlèrent dans le salon. Ils s'étaient tellement chamaillés et réconciliés avant de recommencer qu'ils se connaissaient par cœur.

Maman se rencogna en boudant dans son coin, ne décroisant les bras que pour gober un bonbon. À en croire ses sursauts et le rythme effréné auquel elle vidait le bol, c'était peut-être bien elle qui craignait de faire des cauchemars.

Au-delà des grognements et cris, Adrien entendit l'étrange silence dans sa tête, ce silence qu'il avait appris à reconnaître. Son cerveau *ronronnait*. Il laissa tomber sa tête sur l'épaule de Faby qui lui ébouriffa les cheveux. Croisa les pieds sur la table basse en laissant Max s'appuyer sur lui. Prit le verre que lui tendait Vivienne.

Et savoura l'instant présent.

Emilie Riger vit dans le Loiret, un endroit parfait pour élever ses trois petits lutins. Elle a pratiqué de multiples métiers, depuis historienne de l'art jusqu'à diététicienne. Aujourd'hui écrivaine, elle propose des ateliers d'écriture pour partager sa passion.

Après avoir gagné le concours de nouvelles de Quais du Polar de Lyon en 2018 avec « *Maux comptent triple* », elle remporte le Prix Femme Actuelle – Les Nouveaux Auteurs du roman Feel Good pour son roman « *Le temps de faire sécher un cœur* » (Pocket 2020).

Autres titres : *Les Assiettes cassées, Mission Mojito, Top to Bottom.*

Sous le nom d'Emilie Collins ont été publiés *Les Délices d'Eve, Cœur à Corps,* et *L'Oiseau rare.*

Pleine conscience

Dominique VAN COTTHEM

Un vieil homme aux cheveux blancs traversa la pièce. Ses pieds nus frôlaient le parquet gracieusement. Il souriait. Son corps maigre, enveloppé d'un drap, aurait pu raconter l'histoire d'une vie si des décalcomanies en formes de coquillages, fort mal appliquées, ne lui recouvraient les bras. Une dizaine de logos jaunes cernés de rouge, illustration d'une marque de carburant bien connu, serpentaient des poignets aux épaules sur la peau ébène. Hypnotisée par cette publicité inattendue, je tentais de faire le lien entre la coquille Saint-Jacques, l'essence et les éléments enseignés depuis tôt le matin, sans parvenir à emboîter les pièces du puzzle. Je commençais sérieusement à me demander si je n'avais pas commis une grosse erreur en m'inscrivant à ce stage de méditation. Dépitée, je ressassais la phrase accrocheuse de l'annonce qui m'avait amenée là : *Apprenez à lâcher votre mental tout en vous amusant.* Jusqu'ici, non seulement mon esprit n'avait pas connu une minute de répit, mais en plus, il n'était en aucun cas question de rigoler. Au contraire ! La séance avait débuté à six heures par un discours pointu, axé sur le fonctionnement cérébral et ses interactions cognitives. Dans un vocabulaire scientifique, digne du Larousse médical, Mataraniama, l'animatrice du stage, nous détaillait les effets de la conscience au repos sur les différents organes et cellules, y compris les plus infimes. En nous dévoilant les vertus de la production d'endorphine, sérotonine, acide folique, acide aminé, acide bêta calcique, de macrophages, glucides, lipides, alcaloïdes de sodium, plus encore beaucoup d'autres dont le nom m'échappe, et l'importance des reins, foie, cœur, poumons, pancréas, colon, œsophage, intestin grêle, trachée, estomac, rate, j'en oublie certainement, elle nous demandait de nous concentrer sur notre ressenti. Inutile de dire qu'en termes de concentration, mon attention se portait principalement sur les 250 € que m'avait coûté cette matinée d'initiation ! De minute en minute, je voyais se profiler une belle arnaque. Je me sentais spoliée d'une partie de mes économies par une sorte d'illuminée occupée à réviser son cours de biologie.

Trouvez en vous la femme idéale, mi-sensuelle, mi-animale ou intellectuelle, précisait l'annonce. Tu parles ! Après une matinée de mantra anatomique, je crevais de faim et lorgnais la table basse où des vivres, hyper caloriques, titillaient mes papilles gustatives. Quelques autres participants semblaient aussi dépités que moi, certains d'entre eux, carrément prêts à tomber d'inanition à en juger par les gargouillis caverneux de leur ventre. Soudain, la tarte au citron mêlée à l'odeur d'un ananas un peu trop mûr devint l'objet de notre convoitise. Un affrontement se fomentait, il était perceptible aux subtils mouvements des corps affamés. Six d'entre nous se levèrent, bondirent tels des chacals sur la pâtisserie, car bien entendu, il n'y en avait pas assez pour tout le monde. Je réussis à accéder à la table basse grâce à une main secourable, celle d'un beau jeune homme aux cheveux longs.

– Viens, sinon ils vont tout manger, me glissa-t-il à l'oreille.

Indifférente à notre folle échappée, Mataraniama poursuivait sa litanie organique assise dans la position du lotus.

– C'est chiant, tu ne trouves pas ? questionna le bellâtre au look de poète urbain.

– Complètement, confirmai-je, je crois qu'ils nous prennent pour des pigeons. À y réfléchir, la seule personne qui médite ici, c'est elle. Je pointai Mataramachin, qui en était à la texture de la veine cave. À ce rythme-là, nous allions y passer la nuit.

Comme prévu, la tarte au citron ne résista pas à l'assaut plus de cinq minutes. Nos entrailles murmuraient le chant mélodieux de la diète. Le sucre stimulait notre appétit. L'inconnu aux dents si blanches que j'avais envie de les lécher m'attira un peu à l'écart. Il s'adressa à moi curieusement.

– En un lieu est un caillou, est-ce un galet, est-ce une dragée ? Non voyons, c'est M&M's !

Il sortit de la poche de son sarouel un énorme paquet jaune reconnaissable entre mille.

– Viens, on fiche le camp d'ici.

Je l'aurais suivi à l'autre bout de la planète tant il me subjuguait. Mais c'est à cet instant précis que le vieux sage aux cheveux blancs arriva. La Mataragniagnia clapa enfin son bec. Lentement, elle ouvrit les yeux. Un silence de cosmos orchestrait cette entrée théâtrale. Au terme de six heures de jeûne et d'introspection biologique, nous fixions tous intensément les coquillages transférés à la va-vite sur les bras du vieux sage. Je vivais très mal l'apparition de cet homme sandwiche. Je salivais en pensant à un jambon beurre, à un poulet Hawaï, un thon-mayonnaise. Franchement, non seulement on nous prenait pour des pigeons, mais en plus ils se permettaient de nous torturer. Un sourire permanent collé aux lèvres, l'homme alla s'asseoir auprès de sa comparse. Elle le contemplait, l'œil baigné d'admiration. Ses cils tremblaient sur des étoiles humides. Une midinette devant M. Pokora n'aurait pas fait mieux.

Elle n'allait quand même pas se mettre à pleurer ?! Ça serait le pompon !

Mon nouvel ami, futur amant s'il me l'avait demandé gentiment (ou pas), paraissait totalement connecté à l'aura du vieux. En une fraction de seconde, il m'avait oubliée, gommée de son champ de vision, je n'existais plus ! De rage, je lui arrachai, d'un coup sec, le paquet de M&M's des mains. Tant qu'à passer inaperçue, autant prendre du plaisir à m'empiffrer. Cela ne le perturba aucunement. Il restait figé telle une statue antique. Un kouros habillé. Un Adonis au souffle long. Un David en sandales. Mes pensées, pourtant très flatteuses, le laissaient de marbre. Il me vexait à un point inimaginable. Je fourrai une bonne poignée de M&M's en bouche. Sans me gêner, et surtout dans l'espoir d'attirer l'attention du beau gosse, je mastiquai les cacahuètes le plus bruyamment possible. « Scroutch, scroutch, scroutch ». La salle fut aussitôt envahie par le concerto de mes molaires, cependant, personne ne me regarda. Mieux encore, la trentaine de participants, y compris les deux gourous, baissa subitement les paupières. Le « gloups » sonore de ma déglutition me surprit, contrairement à l'assemblée qui continuait de vagabonder mentalement aux côtés de leurs chakras. Je compris, à la deuxième bouchée, qu'ils méditaient au son de mon repas. Quel délire ! Il était hors de question de leur offrir un troisième trip

M&M's ! J'étais venue pour oublier mes problèmes pas pour « zenitudiser » un groupe de barjots au rythme de mes fonctions maxillaires. Je stoppai immédiatement mon solo improvisé. Un silence inquiétant enveloppa la pièce, je n'osais plus bouger. L'assemblée poursuivait le voyage les yeux fermés. Chacun gardait le dos des mains posé sur les cuisses, la paume ouverte au ciel.

Qu'est-ce que je foutais là ?! Je me trouvais ridicule. Comment avais-je pu croire que je pourrais me connecter à mon inconscient en une seule séance, et ce pour la modique somme de 250 € ? La reine des gourdes, oui ! La lauréate du Goncourt des bécasses, l'impératrice des coups foireux, la tsarine de la sainte débâcle, la capitaine des épaves oubliées, la Première ministre des godiches ! Et l'autre à côté, le chevalier des temps modernes au torse dégraissé, absorbé par le vide, il continuait de m'ignorer totalement. J'étais sur le point de lui flanquer son paquet de chocolat à la tronche, quand le vieux sage aux cheveux blancs prit la parole.

– En plein vol, ma main saisit le parfum ineffable qui baigne ma bouche d'une mélodie inouïe.

Il me fixait si intensément que je baissai les yeux. Il répéta la phrase, le regard toujours braqué dans ma direction. Ensuite il se leva. Sa souplesse suscitait l'admiration vu son âge. Il invita Matarani-chose à le suivre. Elle, papillonnante comme un bourdon ivre mort, agitait les bras à tout va. Je ne pus m'empêcher de penser qu'elle au moins ne terminerait pas la soirée en solo. Lorsqu'ils eurent quitté la pièce, la majorité des stagiaires, qui jusque-là n'avaient pas bougé d'un millimètre, se reconnectèrent au monde réel. Les usages redevinrent la norme, on se remerciait, on se félicitait. Calmement, les gens se saluèrent avant de s'en aller, le visage radieux, l'air apaisé.

J'étais édifiée ! Alors c'était fini ? C'était ça « lâcher son mental tout en s'amusant » ? J'ajoutai à mes qualificatifs : la pharaonne des écervelées. J'étais fâchée, très fâchée. Plus encore, contre moi que contre cette bande d'allumés parce qu'au final, je les trouvais vachement intelligents. Mobiliser des dizaines de personnes autour d'une publicité douteuse, prendre la poudre d'escampette sans avoir rempli le contrat et sans qu'aucun participant ne réclame le moindre remboursement, cela relevait de l'exploit. Je ne pouvais qu'applaudir la performance tout en huant ma naïveté. J'attrapai mon sac en me jurant de ne plus jamais m'inscrire à aucun stage fusse-t- il de poterie, de macramé ou de cuisine italienne.

– On va boire un verre ?

Le surfeur écolo-vintage se souvenait soudain de ma présence. Ses incisives étincelantes tranchaient dans ma colère. J'aurais voulu naviguer sur le bleu de ses pupilles, mais désarmée par tant de charme, j'y coulai.

Il prit ma main. Je m'enfonçai dans les abysses.

– Serrer la pierre philosophale ne transmutera pas en or la sueur de ma paume. As-tu déjà touché l'objet ?

Sa manière de s'exprimer me laissait perplexe. Ignorant de quoi il voulait parler, je décidai de conserver un peu de contenance en lui répondant avec sincérité.

– Non, hélas, je n'ai jamais touché l'objet.

– Alors je comprends.

Il n'en dit pas davantage. Je me gardai de le questionner. Il lâcha brusquement ma main. Sans un mot, sans un regard, sans un signe d'adieu, il gagna la sortie d'un pas lent. Je restai plantée au milieu des nattes en bambou durant de longues minutes avant de pouvoir remettre mon corps en mouvement.

En m'asseyant sur un strapontin tiède du métro, une pensée m'arracha une larme : la Présidente de la République des cœurs solitaires.

Tout avait commencé six jours plus tôt, sur mon lieu de travail. Pourtant, il est rare de vivre des moments exceptionnels quand on exerce le métier de caissière en grande surface. Mis à part un paquet de farine éventré sur le tapis roulant ou une bouteille de soda qui explose, les expériences dignes d'une conversation animée, le soir, en rentrant à la maison, ne sont pas monnaie courante. Cela tombe bien, puisque je vis seule. Cependant, ce qui m'arriva ce lundi-là, vers quatorze heures, fut la chose la plus incroyable de ma vie. S'il y avait eu quelqu'un chez moi, la nuit entière n'aurait pas suffi à lui détailler la succession de phénomènes dont je fus gratifiée.

Comme chaque jour, j'avais emprunté mon magazine préféré au rayon librairie avant de prendre ma pause de midi.

J'adore lire les articles concernant les astuces beauté et surtout ceux relatant des témoignages de personnes lambda au parcours atypique : *« J'ai quitté mon mari pour épouser ma meilleure amie. J'ai fermé mon restaurant pour devenir conseillère en huiles essentielles. J'ai quitté la Belgique pour aller vivre à Papeete, etc. ».* Les écarts me fascinent, les gens audacieux aussi.

Lundi donc, alors que j'avalais, sans grand appétit, du Gouda calé entre deux tranches de pain beurré, je suis tombée sur la photo d'une magnifique jeune femme sous ce titre percutant : *Apprenez à lâcher votre mental tout en vous amusant.* Il s'agissait plus d'une annonce publicitaire que d'un témoignage réel, néanmoins, quelque chose me poussait à lire les colonnes de textes. Depuis longtemps, j'envisageais d'essayer la méditation. Je ne manquais jamais un reportage sur le sujet à la télé. J'avais l'impression que si j'arrivais à lâcher mon mental, je trouverais peut-être des réponses à mes questions existentielles. Voire, le courage de changer radicalement de vie. Car, au fond de moi, je sentais la nécessité de bifurquer. À trente-cinq ans, je stagnais dans une routine pesante, sans ambition, sans surprise et surtout sans amour. Le film se répétait indéfiniment : une relation ; une rupture, une aventure ; une déception, un coup de cœur ; un râteau. Sans oublier mon boulot où seuls les horaires pouvaient faire preuve de fantaisie. Heureusement, les échecs n'avaient pas totalement éteint la flamme, l'envie de bousculer la monotonie m'animait encore, il me manquait la marche à suivre. L'article, étalé sur une double page, certifiait que tout le monde pouvait connaître l'extase intérieure. Il suffisait de bien choisir sa méthode et de se laisser guider. Mataraniama proposait une technique développée sur les sommets du Ladakh, en Inde. Elle et le Grand Maître Shani Khan en étaient les concepteurs. Ensemble, ils avaient adapté les approches ancestrales d'éveil à la conscience afin de les rendre accessibles aux Européens. Selon elle, la rigueur d'une philosophie axée sur le dénuement extrême cadrait mal avec le confort des civilisations matérialistes. Cette dernière précision me rassurait, car, si la méditation me tentait, je n'avais aucune envie de me retirer dans un monastère à cinq mille mètres d'altitude, de m'alimenter exclusivement de riz froid et de sniffer de l'encens du matin au soir. Le stage proposé se déroulait le dimanche suivant, dans une maison privée au centre de Bruxelles, à quelques stations de métro de mon domicile. J'étais presque convaincue quand, tout en bas de l'article, je découvris le montant de la contribution : 250 €. Cela me semblait prohibitif pour sept heures de recueillement en groupe. De plus, je ne les avais pas. Enfin, si, je les avais, mais je refusais d'y toucher, car je les réservais à mes futures vacances. Mon maigre salaire me permettait de partir seulement une année sur deux. Chaque mois, je glissais quarante euros dans une enveloppe planquée sous mon matelas. J'ajoutais quatre billets supplémentaires grâce aux congés payés de juin et à la prime de fin d'année de décembre. À chaque dépôt, la mer se rapprochait un peu de mes rêves d'évasion.

La mer est le seul endroit où je me sens vraiment à ma place en ce monde.

J'attendais donc août avec impatience, car cette année était une année paire, celle des plages et des bikinis. Après un bref moment de déception, je tournai les pages du magazine, écœurée de devoir en permanence tirer le diable par la queue. Finalement, le bien-être, prendre soin de soi, éviter le stress, tout cela avait un coût hors de portée de ceux qui en ont le plus besoin. Je tentai d'oublier les belles promesses du stage en concentrant mon attention sur les avantages de l'épilation au sucre. Puis, je terminai ma lecture par l'horoscope, fidèlement placé à l'avant-dernière page. Et là, ce fut l'électrochoc ! La tranche de Gouda de mon repas de midi fit mine de vouloir regagner la boîte à tartines. Heureusement, j'étais stupéfaite au point d'en avoir la trachée rétrécie. Je n'arrivais pas à quitter mon signe astrologique des yeux.

Taureau : *C'est le moment de vous mettre à la méditation. Profitez de votre solitude pour découvrir les bienfaits d'une bonne introspection. L'amour se profile, il se présentera le moment venu.*

Je relus trois fois de suite les trois phrases. Aucun doute possible, il s'agissait là d'un signe, un présage, une main tendue, peu importe le nom à lui donner. On me montrait clairement vers où aller. Ignorer un tel appel de l'Univers reviendrait à offrir son billet de Loterie gagnant à un inconnu. Fébrile, je retournai à la page 21 du magazine et notai l'adresse du Site sur lequel s'inscrire au stage. Je me donnais jusqu'au lendemain avant de prendre une décision définitive. Mes vacances étaient en jeu, je refusais de les sacrifier sans avoir pesé le pour et le contre à tête reposée.

À treize heures vingt-huit, j'allai redéposer le magazine à sa place au rayon presse.

À treize heures trente, j'installai le fond de caisse, encodai mon numéro, tournai la clé vers la droite, j'étais fin prête. Le défilé des marchandises se mit en marche en quelques secondes.

C'est incroyable comme les clients sont pressés de payer dans les grandes surfaces !

Aux alentours de quatorze heures, une femme d'une cinquantaine d'années, vêtue entièrement de noir, déposa sur le tapis un paquet de soupe instantanée, une botte de poireaux, un filet de citrons bio et une bombe de crème Chantilly.

Je m'en souviens parfaitement, car en général, il y a de la logique dans le choix des aliments. Par exemple, si je scanne de la viande hachée, suivra à coup sûr une boîte de tomates pelées et du parmesan.

Or ici, il m'était impossible de deviner quel type de repas serait servi le soir chez cette dame. Machinalement, j'énonçai à haute voix le montant de ses achats.

– 16,45 €, s'il vous plaît madame.

Elle sortit un billet de vingt euros de son porte-monnaie et me le tendit d'une façon étrange. Elle le serrait du bout des doigts. Je sentis une résistance quand je voulus le prendre, ce qui me força à lever les yeux sur elle. La femme me fixait intensément. Mal à l'aise, je répétai le total à payer, afin de la décider à me donner l'argent. Elle sourit bizarrement sans relâcher la pression de ses doigts. Je remarquai qu'elle portait des mitaines noires. Un détail anodin sauf que nous étions au mois de juin et que dehors il faisait 26° à l'ombre. J'allai lui répéter une fois de plus le montant à payer quand elle m'adressa la parole.

– Je vais vous en donner un autre, celui-ci n'est pas le bon pour vous.

Elle fouilla son porte-monnaie et en sortit un billet de cinquante euros. Je le saisis rapidement et m'empressai de rassembler son reste, soit 33,55 €.

– Savez-vous que les billets de banque nous envoient des messages ? murmura-t-elle d'une voix grave.

— Ah, non, je l'ignorais, répondis-je poliment tout en lorgnant la file qui commençait à s'allonger derrière elle.

— Vous devriez y prêter attention, mademoiselle. Ils peuvent, montrer la voie à suivre.

Évidemment, après la secousse sismique de mon temps de midi, ses propos me firent l'effet d'un séisme de magnitude 10 ! Mon sang se glaça d'un seul coup. Je me pétrifiai, les yeux plongés dans ceux de la femme aux mitaines. Il n'y avait aucune hostilité en elle, cependant, elle me terrifiait. Dans son dos, les commentaires exaspérés des clients commençaient à fuser. Sous le choc, je ne trouvai rien d'autre à dire que : « Voici votre reste ». C'était parfaitement débile, mais les questions que j'aurais voulu lui poser me vinrent après son départ.

— Observez-les, mademoiselle, chacun d'eux représente un style architectural, c'est-à-dire la construction de votre histoire, a-t-elle poursuivi, sans se soucier de mon désarroi ni de l'agitation des caddies prêts à lui dégommer les mollets. Les billets de cinq euros montrent l'art classique, les dix l'art roman, les vingt l'art gothique et les cinquante l'art renaissance.

Cette explication farfelue me fit revenir sur terre. Mon cerveau se remit à fonctionner rationnellement. Je me retrouvai instantanément au bon endroit : dans la galerie commerciale bruxelloise, auprès de ma caisse enregistreuse.

— Trente-trois euros cinquante-cinq de retour, m'empressais-je de dire afin de clôturer cette conversation surréaliste.

Je pensais à la chef caissière, si elle passait à ce moment-là, elle chronométrerait le temps consacré à la cliente. Je l'entendais mentalement sortir sa phrase préférée : « Vous me voyez dans l'obligation de vous pénaliser ». Nous avons une rentabilité à tenir et une supérieure très à cheval sur les procédures.

La femme insista.

— Une renaissance, c'est ce qu'il vous faut, mademoiselle. L'homme que vous allez rencontrer illuminera votre nouvelle vie.

Elle prit enfin sa monnaie, son ticket, ses marchandises puis quitta le magasin sans se retourner. Je me fis engueuler par le client suivant. Il était pressé, il trouvait anormal de papoter avec une amie pendant son temps de travail. « C'est une honte de laisser s'allonger une file pareille ! » vociférait-il en agitant les poings. J'encaissais sa colère sans ciller.

J'ai l'habitude.

Le soir, j'allumai mon ordinateur. Avant de taper l'adresse du Site de Mataraniama, j'allai vérifier cette histoire de billets de banque messagers. Quelle ne fut pas ma surprise en découvrant que la femme aux mitaines avait dit vrai ! Ils représentaient un style architectural. Un pont, une arche, la renaissance. En deux minutes le lien était fait. Ce pont allait me permettre de rejoindre l'autre rive. L'arche serait détournée en bateau. L'inscription au stage représentait cinq billets de cinquante euros. Cinq chances de traverser le déluge avant de renaître ! Sans plus aucune hésitation je m'inscrivis à la prochaine session. Le mode de règlement exigé se limitait uniquement au paiement comptant. Les participants étaient invités à apporter l'intégralité de la somme le jour du stage sous peine de se voir exclus de la séance. Sous mon matelas, l'enveloppe contenait quarante billets de vingt euros. Je fus bête au point de filer chez mon voisin, le libraire, afin de les échanger contre des billets de cinquante. Je considérais les gargouilles de l'art gothique, attribué aux billets bleus, comme autant de monstres accrochés à ma façade. Cela donnait un début d'explication à la peur que je pouvais inspirer à certains hommes. J'avais vraiment envie de croire les présages de la femme aux mitaines. J'avais vraiment le désir de bousculer mon quotidien. J'avais vraiment besoin de garder espoir.

J'étais surtout affreusement en manque d'amour.

Voilà comment, sur un coup de tête, mes vacances tombèrent à l'eau et moi de très, très haut.

Le lendemain du stage, en prenant mon service, mon esprit ruminait en boucle la déconvenue de la veille. Certes, mon enveloppe contenait encore de quoi partir à la mer, mais j'allais devoir raboter les vacances de plusieurs jours. Je me promis de ne plus jamais me laisser aller à croire aux signes. D'ailleurs, j'avais pris la terrible décision de ne plus lire aucun horoscope. L'expérience malheureuse de méditation en groupe m'avait montré à quel point j'étais fragile émotionnellement. Il fallait être au fond du gouffre pour s'accrocher à trois phrases de prédictions astrologiques publiées dans un magazine féminin, accorder du crédit aux élucubrations monétaires d'une folle gantée de mitaines en pleine canicule et se ruiner suite à une annonce mensongère. Étrangement, cette prise de conscience m'empêchait de sombrer davantage. Mieux, elle me donnait une sorte d'énergie flamboyante. Je scannais les articles avec une dextérité inégalée. Ma chef m'avait à l'œil, elle rôdait depuis mon arrivée, l'air de rien, autour de ma caisse. Cela faisait déjà longtemps qu'elle cherchait à me prendre en défaut. Elle ne m'aimait pas, je l'avais compris dès son entrée en fonction. Cela me passait au-dessus de la tête, car c'était réciproque. J'avais dix ans de maison, elle, elle avait débarqué six mois plus tôt, des diplômes en poche et ses théories de management bien ficelées au bout de sa langue de vipère. Elle convoitait la place du gérant.

– Tout se passe bien, Nathalie ?

– Rien à signaler, madame Bernard.

– À la bonne heure, continuez ainsi.

– Avec plaisir.

Faux cul ! Elle pense peut-être que si j'avais un problème je lui en parlerais ? Plutôt crever !

– Votre badge, Nathalie, il est de travers.

– C'est parce que je suis tournée vers vous, madame Bernard. Regardez, quand je suis face aux clients, il est droit.

Grosse conne ! Tu ne m'auras pas !

– Tâchez de garder la bonne position, alors, même si je m'adresse à vous.

– Oui, bien sûr, madame Bernard.

Le client souriait jaune. Compatissant, il me fit un clin d'œil sitôt la chef hors de portée.

– C'est votre supérieure ?

– Hélas, oui.

– Vous avez une de ces patiences. À votre place, je l'aurais envoyée au diable en lui disant ma façon de penser.

– À ma place, je préfère me taire, histoire de garder ma place justement.

À peine prononcés, les mots me revenaient en pleine figure, comme une bonne gifle, de celles qui réveillent. Les yeux grands ouverts, je réalisais l'importance accordée à ce mètre carré de surface de travail, à cette caisse enregistreuse de malheur, aux tonnes d'articles scannés, aux milliers de « bip » insidieusement lovés dans mes oreilles, à ces nuits où le sifflement infernal me sortait de mes rêves, où mes épaules se consumaient d'avoir trop suivi mes bras de droite à gauche durant des heures. Je découvrais une de mes priorités : garder ma place !

– Bonne journée et surtout, bon courage.

Le client redoublait de gentillesse, il secouait doucement la tête en attrapant ses marchandises, je percevais le « pauvre fille » contenu entre ses lèvres pincées.

J'avais mal.

Il assimilait ma stupéfaction au comportement de ma chef. Il ne savait rien du métier de caissière, de l'espace étroit qu'il représentait. Je n'en savais rien moi non plus jusqu'à ces trois secondes, jusqu'à cette phrase révélatrice : « Je préfère me taire, histoire de garder ma place ». Pour la première fois en dix ans, j'avais envie de réécrire ma vie professionnelle, de tout envoyer valdinguer, de retirer mon nom de l'armoire métallique des vestiaires où, en hiver, il y avait à peine la place pour entasser un manteau et une paire de bottes. J'avais envie d'arracher mon badge, d'obliger la Bernard à le bouffer en insistant sur l'importance de le manger droit sans l'avaler de travers ! Pour la première fois en dix ans, ma fiche de paie ne suffisait plus à me rendre docile. Je sentais monter une colère dont je ne me croyais pas capable. Si Maria, la déléguée syndicale, avait travaillé ce jour-là, je me serais affiliée illico. Cela m'aurait permis de l'inciter à déposer un préavis de grève. Non, mais c'était quoi cette façon de traiter le personnel ? L'esclavage était aboli depuis des lustres, elle devait l'avoir oublié, la Bernard. Le mot « chef » ne lui conférait aucun droit sur ma vie privée. Or, son harcèlement sortait largement du cadre professionnel, il pourrissait mes nuits, gâchait mes matins, abîmait mes jours de congé. Elle oubliait que derrière le mot "chef", il y avait caissière, pas suprême. Elle revendiquait les quatre lettres supplémentaires à notre fonction commune par une autorité mal placée. J'allais lui en donner, moi, des « vous me voyez dans l'obligation de... », à la chef caissière même pas fichue de modifier un code-barre sur notre outil de travail. J'avais envie de lui arracher les cheveux un par un. Plus la rage montait, plus mon existence défilait sous mes yeux horrifiés. Je constatais ma soumission par le trou d'une serrure géante, les doigts cramponnés à une porte sans verrou.

Trop bien éduquée à la gentillesse, sous l'autorité d'un pouvoir parental exigeant, j'avais mis trente-cinq ans avant de m'apercevoir que la porte n'était pas fermée à clé. Quelle révélation !

À midi, je me réfugiai au réfectoire, situé au sous-sol, sans passer préalablement par le rayon presse. Je voulais éviter la tentation, j'étais vulnérable. De plus, le lundi, paraissait le Lectiscope, mon magazine préféré en matière de prédictions astrologiques. La demi-heure de pause me sembla une éternité. Greg, un des magasiniers, me rejoignit lorsque j'étais sur le point de reprendre mon poste. Comme à son habitude, il me balança des blagues pourries, remplies d'allusions graveleuses. C'était sa technique de drague. Je me dépêtrai de son humour pathétique en prétextant que je devais passer aux toilettes avant de retourner bosser.

– Je t'ai déjà raconté celle de la fille qui transpire ?

– C'est possible. Tu m'excuseras, je suis pressée.

– Pressée, comme un journal ou un citron ?

Je me faufilai en évitant de m'approcher de lui. Non seulement ses cheveux gras en permanence me répugnaient, mais que dire de son haleine de yack constipé ?

– Salut, Greg, bon appétit, lui lançai-je en rasant les murs et en m'assurant qu'il ne me suivrait pas.

J'étais hantée par l'idée de me retrouver seule avec lui depuis le jour où il avait accroché des fleurs à la porte de mon casier. Il n'avait rien trouvé de mieux que d'acheter un des bouquets défraîchis du magasin, vendu à moitié prix, et d'inscrire en grand sur la collerette : *Je t'aime, Greg.* Mes collègues pleuraient de rire en voyant ma tête. Nous avions pratiquement toutes eu droit à ce genre de déclaration. Greg sévissait tous azimuts, sans réaliser qu'une bonne douche et une visite chez le dentiste seraient beaucoup plus efficaces que des fleurs fanées. D'une certaine façon, il me touchait, car sa solitude je la connaissais par cœur. Malheureusement, il n'y avait aucune possibilité de nouer un lien d'amitié, le moindre mot bienveillant déclenchait en lui des scénarios romantico-érotiques complètement tordus.

Sans le vouloir, Greg limitait encore davantage, par sa présence insupportable, mon minuscule espace de temps libre dans le grand magasin.

À treize heures trente, j'installai le fond de caisse, encodai mon numéro, tournai la clé vers la droite, encore quatre heures à tirer. Le tapis roulant m'amenait les achats des clients : des pâtes, de la farine, du papier W.C. Cela me rappelait le confinement. Huit kiwis, un pot de miel d'acacia, des amandes grillées, du quinoa : un nouveau végétarien. Douze pots de yaourt light, six pommes, deux bougies parfumées : une femme amoureuse. Je sentais que mes nerfs étaient sur le point de lâcher. Je n'arrivais pas à déconnecter mon cerveau de ses synthèses marchandes. Avec le temps, c'était devenu une sorte d'obsession, un moyen de tenir huit heures sans perdre les pédales. Pourtant, ce jour-là, dans un coin de ma tête, à l'écart des paquets de lessive et autres poêles à frire, je rêvais. J'imaginais, j'espérais, je souhaitais de toutes mes forces revoir le maître-nageur californien au sourire Ultra Brite qui m'avait si élégamment proposé son aide et si goujatement plantée là. Le souvenir de son parfum de cannelle titillait mes hormones bien plus que mon cœur. Cependant, je ne pouvais m'empêcher de penser qu'il était peut-être cet amour annoncé par la femme aux mitaines. Elle avait dit : *L'homme que vous allez rencontrer illuminera votre nouvelle vie*. À ce moment-là, j'entrevoyais bêtement de révolutionner mon existence en changeant de lieu de travail. En effet, le yogi sexy au teint buriné devait à coup sûr effectuer ses courses dans une coopérative locale ou peut-être même carrément cultiver ses propres légumes. Je n'avais aucune chance de le voir débarquer à ma caisse, la preuve, en dix ans, il n'y était jamais venu.

Vers quatorze heures, j'étais totalement perdue dans mes songes. J'essayais de mettre un prénom sur le beau visage de mon chevelu baba cool sans parvenir à trouver le patronyme idéal. J'optai pour Nils, provisoirement. Cela me permettait de l'inclure concrètement dans mon quotidien. Désormais, j'allais pouvoir parler de lui avec assurance. J'allais pouvoir rêver un peu plus fort. Bip, bip, bip, je scannais sans remarquer les articles. J'avais cessé de tirer des conclusions sur les marchandises achetées sans m'en rendre compte. C'est lorsque ma main saisit un gros paquet de M&M's que je me reconnectai à l'ici et maintenant. Il trônait, solitaire, sur le tapis roulant. J'avais beau fouiller ma mémoire, en dix ans, personne n'était sorti de cet hyper marché en me réglant un seul achat, j'en étais certaine. Mon sang ne fit qu'un tour. Je n'osais relever la tête de peur de croiser le regard envoûtant de Nils. Mais je ne pouvais demeurer comme ça, prostrée, la bouche ouverte. J'annonçai le montant à payer de ma voix la plus suave, c'est tout ce qu'il me restait de dignité.

– Quatre euros dix, s'il vous plaît.

– Tenez, me répondit la femme aux mitaines en me tendant un billet de cinquante euros.

Il s'écoula plusieurs secondes entre le moment où mon cerveau en surchauffe analysa la situation et celui où je retrouvai l'usage de la parole. La femme aux mitaines ne bronchait pas. Elle me fixait de ses yeux charbonneux sans afficher la moindre émotion sur son visage. C'était terrifiant. Je bégayai le montant à lui retourner en évitant de croiser son regard. Une odeur de cannelle parvint à mes narines lorsque je rangeai le billet dans le tiroir-caisse. Une panique indescriptible me saisit au ventre. Que me voulait cette femme ? Pourquoi était-elle revenue ? Que signifiait ce paquet de M&M's, ce parfum de cannelle, symboles on ne peut plus éloquents pour résumer Nils ?

– Bonne journée, mademoiselle.

Elle n'allait tout de même pas filer sans une explication ? Je devais la retenir.

– Excusez-moi, je crois que vous avez oublié votre ticket.

– Je n'en ai pas besoin. Bonne journée, mademoiselle.

– Et le timbre, il octroie des réductions sur les draps de bain.

– Non merci. Bonne journée, mademoiselle.

Derrière l'insistance de ses « Bonne journée, mademoiselle », je percevais un message codé. Voulait-elle me dire qu'aujourd'hui, quelque chose de grand, de beau, de fort allait m'arriver ? Je devais à tout prix l'empêcher de s'éloigner de ma caisse. Le client suivant s'était déjà planté devant moi, il avait sorti sa carte bancaire, la tapotait sur le terminal de paiement. Je lui souris brièvement afin de le faire patienter.

— Madame, s'il vous plaît, j'aimerais vous parler, osai-je en me retournant vers elle. C'est important.

Elle revint à ma hauteur toujours aussi imprégnée de vide émotionnel. Une sueur froide coulait le long de mon dos.

— Que désirez-vous savoir, mademoiselle ?

— Qui êtes-vous ? me hasardai-je en tentant de soutenir son regard noir de pharaon prêt à rejoindre sa dernière demeure.

— Je suis l'architecte de votre édifice, mademoiselle. Je pensais que vous l'aviez compris.

— Malheureusement, je ne comprends rien, madame. Votre présence, vos billets messagers, votre achat. Expliquez-moi.

Le client s'impatientait bruyamment. Derrière lui, des contestations commençaient à bourdonner, suivies de lourds soupirs. Ma chef, toujours à l'affût, se dirigea vers moi, d'un pas sec.

— Il faut y retourner, c'est là que votre destin va rencontrer sa route. Rendez-vous lundi prochain, même endroit, même heure. Bonne journée, mademoiselle.

Elle partit sans autre clarification. Ma chef la bouscula violemment dans son empressement à me prendre en faute. Je vis la femme aux mitaines poser sa main sur l'avant-bras de la Bernard. Elle lui adressa la parole, mais d'où j'étais, je ne saisis aucun mot. Quand la Bernard se planta devant moi, j'essuyais les remarques acerbes du client énervé tout en scannant ses packs de bière, chips, Doritos. Logique, les Diables Rouges rencontraient les Bleus ce soir-là.

— Je veux vous voir au bureau immédiatement. Faites un appel, Sophie va reprendre votre caisse.

Je m'exécutai et rejoignis la Bernard sitôt ma collègue arrivée. Une convocation au bureau était toujours synonyme de sanction. Je m'attendais à une retenue sur salaire, elle aimait ça, la Bernard, frapper où cela fait mal.

— Votre comportement est inadmissible, mademoiselle Dangis. Non seulement vous lambinez, mais vous vous permettez en plus de tenir des conversations privées avec les clients. C'est inacceptable.

Je tentai de me disculper à l'aide d'explications sommaires auxquelles elle ne prêta aucune attention. Elle se dirigea vers le clavier de l'ordinateur.

— Ne cherchez pas d'excuses. Regardez par vous-même et dites-moi si j'ai raison de vouloir vous sanctionner.

Elle appuya sur « enter ». À l'écran, des images nettes surplombaient l'espace étroit où je semblais coincée entre le tapis roulant et la caisse enregistreuse. Je voyais le dessus de mon crâne tourner latéralement au gré des gestes réguliers. La séquence datait de lundi passé, je reconnaissais mon chignon fait à la hâte. La femme aux mitaines apparut. C'était étrange de visualiser la scène depuis cet angle de vue. Les secondes accordées au désarroi qu'avait provoqué cette rencontre paraissaient beaucoup plus longues qu'en réalité. La Bernard pianota sur le clavier. Cette fois, les images montraient le même espace réduit filmé à peine quelques minutes plus tôt. Là encore, je pus constater que le temps n'avait pas la même valeur à l'écran. L'échange avec la femme aux mitaines n'en finissait pas. Je découvrais une autre lecture du moment vécu, comme si je n'en avais pas été le témoin direct.

– Qu'en pensez-vous ? siffla la Bernard en arrêtant la projection. Trois cent quatre-vingt-sept secondes pour encaisser un paquet de M&M's, c'est du jamais vu !

Perturbée jusqu'au plus profond de mon être, j'étais incapable de lui rétorquer quoi que ce soit. La caméra de surveillance avait pérennisé des instants cruciaux de mon existence. Les images me retournaient l'esprit. Je n'arrivais pas à m'expliquer comment un décalage aussi criant pouvait s'insinuer entre un moment vécu et l'enregistrement de ce moment. La Bernard attendait une réponse en se frottant l'avant-bras, là où la femme aux mitaines l'avait touchée.

– Vous ne dites rien ? Vous avez raison, il n'y a rien à dire. Vous me voyez dans l'obligation de vous pénaliser. Vous récupérerez les minutes perdues sur votre temps de pause. Je veux bien faire preuve de clémence encore cette fois, vous serez épargnée d'un blâme, mais je vous préviens, ce sera la dernière. Si vous recommencez, j'en référerai en haut lieu. Vous savez ce que cela signifie ?

Scotchée à l'écran, je scrutais l'image de la femme aux mitaines figée de face au moment où elle me tendait le billet de cinquante euros. Soudain, ce fut le choc. Trop de détails m'avaient échappé, le film les avait saisis un à un et il me les restituait grandeur nature.

— Pourriez-vous revenir en arrière ? J'aimerais revoir les deux séquences.

— Vous ne manquez pas de culot ! Où vous croyez-vous ?

— Je vous en prie, madame, c'est important. C'est très important !

— Mademoiselle Dangis, à compter d'aujourd'hui vous êtes en sursis. Vous allez retourner à votre poste et tâcher d'éviter les faux pas, sans quoi, nous devrons nous passer de vos services. Vous êtes prévenue.

Je quittai le bureau, fébrile. Perdre mon emploi n'avait plus aucune importance, mais je devais au plus vite aller lire le message, inscrit en bleu, sur le billet de la femme aux mitaines.

*

Sophie quitta la caisse en me souhaitant bonne chance. Elle aussi était dans le collimateur de la Bernard. Elle me proposa d'aller prendre un café après notre boulot. Nous n'avions jamais vraiment partagé nos angoisses quant au comportement de la chef, à peine avions-nous évoqué sa paranoïa et son amour inconditionnel pour les caméras de surveillance. J'acceptai sa proposition sans enthousiasme. J'étais pressée de rentrer chez moi, car je voulais effectuer des recherches sur la voyance, les prédictions, les médiums. Je maîtrisais assez mal le sujet. J'étais curieuse de savoir si les billets de banque faisaient partie des outils de divination. J'avais également l'intention de m'inscrire au prochain stage de méditation, comme la femme aux mitaines me l'avait conseillé. C'était totalement idiot, en amputant encore mon budget vacances de deux cent cinquante euros, il me resterait tout juste de quoi passer un week-end à la mer. Mais j'étais portée par une sorte de pulsion positive. J'accordais du crédit à ce feu qui consumait ma légendaire passivité. Le besoin de croire à l'édification possible d'une autre vie me sortait de mes retranchements. La femme aux mitaines m'avait convaincue. Le chemin de l'existence était jalonné de matériaux en attente de servir un chantier. Le temps était venu de construire mon château, ma demeure, ma cabane, peu importe pourvu qu'il s'agisse d'un lieu où déposer mes fardeaux. Pour la première fois, les nécessités économiques rampaient loin derrière ma volonté de vivre vraiment.

Je repris mon travail, impatiente d'encaisser le premier client afin de pouvoir examiner de près le billet messager. Quelle ne fut pas ma surprise en découvrant que le compartiment des billets de cinquante était vide ! Mon cœur se mit à tambouriner. Mon corps tremblait. Je saisis le micro, appelai Sophie en balbutiant. Une fois encore, je dus calmer les clients énervés dans la file.

C'est incroyable à quel point attendre trois minutes les rend irritables.

Ma collègue arriva rapidement.

– Où est passé l'argent ?

– L'argent ? Qu'insinues-tu ?

– Le compartiment est vide !

Sophie examina le tiroir-caisse avec inquiétude. Elle paniquait à l'idée qu'un vol ait pu être commis au moment où elle avait quitté le poste et avant celui où je l'avais repris. Elle releva la tête soulagée.

– Tu déconnes ! Il est là l'argent, qu'est-ce que tu racontes.

– Tous les billets de cinquante euros ont disparu.

— Ah, ça, oui, c'est normal. Il y a un type qui m'a demandé si je pouvais lui changer de la monnaie contre de grosses coupures. Regarde, tu as fait le plein de pièces de deux. Tu m'as fait peur, ne recommence jamais ça !

J'étais dépitée. Les mots tracés à l'encre bleue s'en étaient allés avec le client. Par deux fois, la femme aux mitaines m'avait remis un vrai message écrit sur un billet. Ils s'étaient évaporés dans la nature, m'abandonnant à ma détresse, sans aucun espoir de les retrouver.

Le vieil homme aux cheveux blancs traversa la pièce. Ses pieds nus frôlaient le parquet gracieusement. Il souriait. La mascarade se déroula exactement de la même façon que la semaine précédente. Mataraniama récitait sans faiblir la composition du corps humain. Les stagiaires se laissaient emporter vers une dimension parallèle. Sur la table basse, une tarte au citron côtoyait un ananas trop mûr. Cette fois, j'avais pris mes précautions, mon sac regorgeait de vivres. J'avais cherché le beau gosse aux cheveux longs dès mon arrivée, sans succès. Ma déception était immense. Je voulais le revoir, éprouver encore l'attraction envoûtante de son sourire ravageur, m'enivrer de son parfum, l'écouter formuler des phrases incompréhensibles, faire semblant de suivre le fil de sa conversation en espérant suivre le chemin de son lit. Car, soyons honnêtes, cet homme mettait ma libido à rude épreuve ! Son absence jetait un froid sur mes ardeurs. Je dus attendre l'évocation des organes internes par Mataraniama avant de pouvoir recentrer mes pensées sur le véritable but de ce stage.

Au cours de cette deuxième séance de méditation, le temps me parut moins long. Je scrutais minutieusement les plus infimes subtilités afin de percer le mystère des signes divinatoires. Le fameux « lâcher prise » était peut-être le moyen d'accéder à la compréhension d'une autre forme de langage. La femme aux mitaines s'exprimait de manière aussi énigmatique que mon bel athlète altermondialiste. En décryptant le sens caché de leurs phrases, j'imaginais atteindre un niveau supérieur, une sorte de perchoir d'où observer mon quotidien en toute objectivité.

La femme aux mitaines occupait une bonne partie de mes pensées. Mentalement, je l'entendais me redire : *Je suis l'architecte de votre édifice. Il vous faut la Renaissance. Il faut y retourner.* Peu à peu, je tissais un lien entre ses propos et ma présence dans ce groupe méditatif. Les mantras anatomiques commençaient à prendre de la consistance. D'organe en organe, un être nouveau se modelait sous mes paupières. L'édification de ma propre cathédrale m'apparut facile, concevable, primordiale. J'avais à ma disposition l'entièreté des matériaux nécessaires, il suffisait de les empiler dans le bon ordre, de les jointoyer à l'aide d'un ciment de conviction. L'abri le plus sûr en ce monde est le corps ! Jamais, jusqu'à cet instant, je n'avais envisagé une telle possibilité. Je cherchais le réconfort à l'extérieur, persuadée qu'en m'appropriant une maison, une voiture, un amoureux, les éléments-clés du bonheur, martelés sur les tempes de l'inconscient, je deviendrais l'heureuse locataire d'un cocon rassurant. Mataraniama fredonnait la composition d'un globule rouge et soudain, ce fut la révélation. Je me visualisais enfermée dans une bulle à pédaler comme un hamster dans sa roue. L'énergie de ma jeunesse au service des grincements de l'effort. Des enjambées inutiles. Le mirage d'une trajectoire. Une destinée soudée à des parois de verre. À l'arrivée du vieil homme aux cheveux blancs, j'étais reconstituée. Tellement bien dans cette peau nouvelle que rien ne troublait ma béatitude, ni les décalcomanies en forme de coquillages, ni la faim, ni les économies évaporées. Je suis sortie de la séance le cœur envahi de joie. Heureuse d'évoluer souplement grâce à ce corps tout neuf d'apparence coutumière. J'ai rejoint la station de métro sans me rendre compte du chemin parcouru. Mon esprit exultait de félicité, bercé par la douceur ouatée de mon crâne. Aucune pensée sombre ne perturbait l'harmonie de ma pleine conscience. J'étais si lovée dans l'émerveillement qu'en m'engouffrant dans le tunnel du métro, je passai, sans le voir, à côté du sourire d'ange de Nils.

Le lendemain, je me rendis au travail le cœur léger. À douze heures trente, je pris ma pause déjeuner après avoir emprunté le Lectiscope au rayon presse. J'engloutis mes tartines au Gouda, puis, ouvris directement le magazine à l'avant-dernière page.

Taureau : *Ce lundi verra votre vie basculer. Profitez-en pour enfin ouvrir cette porte qui vous empêche d'avancer. Préparez-vous au grand amour.*

Bon sang, il ne s'agissait plus de superstition, je me trouvais face à une évidence providentielle. Aucun doute ne remettait en question les prévisions astrologiques. Le jour du renversement était enfin arrivé, le grand amour pouvait lui succéder, j'étais fin prête. Je comptais sur la femme aux mitaines pour m'indiquer la voie à suivre. Elle serait là bientôt : « même jour, même heure », avait-elle dit. Dans moins de trente minutes, j'allais être fixée sur mon sort. Mais avant, il me restait une petite chose à régler. Je devais impérativement disposer d'une copie des images filmées par les caméras de surveillance. J'avais besoin de savoir quels étaient les messages inscrits sur les billets. Besoin de comprendre également à quoi correspondait le halo lumineux, invisible à l'œil nu, mais très net sur les images vidéo, qui entourait la femme aux mitaines. Le temps pressait, c'était heureux, car je n'avais aucune envie d'éterniser mon échange avec Greg. J'avais bien réfléchi aux conséquences d'une requête auprès de ce libidineux entartré. Malheureusement, il était le seul en mesure de s'infiltrer dans le bureau de la Bernard sans éveiller les soupçons (il effectuait souvent des travaux de maintenance informatique). Il exigerait inévitablement un remerciement, de préférence en nature. Justement, je comptais le satisfaire non pas avec mon corps, mais bien avec les trois cents euros que contenait encore mon enveloppe. Ma demande valait largement le sacrifice.

À douze heures cinquante, je filai dans la réserve. Je reconnus la voix de Greg derrière les palettes de couche-culotte, il n'était pas seul. Cela compromettait un peu mes plans. Sans me laisser perturber par cet imprévu, je poussai la tête entre deux boîtes de Pampers premier âge. Et là, je fus médusée. Tétanisée ! Écœurée ! La Bernard, les doigts agrippés aux cheveux luisants de graisse, suppliait Greg de poursuivre ses assauts. « Encore, encore, encore ». Elle se pâmait devant la bouche avariée du magasinier. Greg s'exécutait fébrilement. Il lui écrasait le dos contre le mur à coups de reins. Il malaxait ses cuisses du bout de ses ongles encrassés. C'était à la limite du supportable. Je quittai l'entrepôt au bord de l'indigestion.

À treize heures trente, j'installai le fond de caisse, encodai mon numéro, tournai la clé vers la droite, l'après-midi s'annonçait sous les meilleurs auspices. Non seulement j'allais obtenir la copie du film, mais en plus, cela me coûterait à peine la modique somme d'un tout petit chantage.

La femme aux mitaines se planta devant ma caisse à quatorze heures précises. Sur le tapis, une grosse boîte de sparadraps. Elle sortit cinquante euros de son porte-monnaie. Je l'observais attentivement, cherchant, sous le khôl noir intense, un brin d'émotion explicite.

— Laissez le chantage aux maîtres chanteurs, souffla-t-elle en se penchant vers moi, vous méritez mieux.

Mon sang se cristallisa. Comment était-elle au courant ? Une fois de plus, je me retrouvai sidérée.

— D'une bonne action surgit une fin heureuse. Tenez, celui-ci est idéal. Elle présentait l'argent, délicatement posé sur les mailles de ses mitaines, comme si elle m'eut remis un nouveau-né.

Je devais rassembler mes esprits, aller droit au but. Surtout, ne pas la laisser partir sans m'éclairer sur la raison de sa présence.

— Vous aviez écrit quelque chose sur les deux autres billets. Dites-moi, je vous en prie, de quoi il s'agissait. Je n'ai pu les lire, ils se sont volatilisés avant.

— Le propre d'un billet de banque est de voyager, mademoiselle. Il est ici, demain il peut se retrouver à des milliers de kilomètres.

— Mais alors, pourquoi y inscrire des messages ?

— Afin qu'ils parviennent entre les mains de leurs destinataires.

— Ils ne m'étaient donc pas adressés ?

— Vous n'en avez plus besoin. Votre grand jour est arrivé, mademoiselle. La Renaissance, souvenez-vous.

Des réflexions exaspérées sourdaient dans la file derrière l'énigmatique femme en noir. Je maudissais les clients impatients.

— Qui êtes-vous, madame ?

— J'ai été l'architecte de votre édifice. Adieu, mademoiselle.

— Non, ne partez pas maintenant, j'ai encore des questions à vous poser.

La Bernard arrivait au pas de course, les manches retroussées, chignon défait, joues empourprées. Je m'en balançais complètement. Après ce que j'avais vu, elle pouvait lancer son wagon de menaces à toute allure, j'étais devenue une parfaite garde-barrière !

– Cette fois, vous allez savoir de quel bois je me chauffe ! hurla-t-elle, ignorant les clients accrochés à leur caddie. Suivez-moi !

Sa phrase me donnait envie de rire. Je me retins de lui répondre : « Pas la peine, madame Bernard, je sais comment vous vous chauffez ! ».

– Suivez-moi, je vous dis !

Elle insistait en tendant l'index vers le bureau. Je remarquai, sur son avant-bras, là où la femme aux mitaines l'avait touchée la semaine précédente, une plaque d'eczéma en forme de coquillage. Elle me faisait penser aux décalcomanies sur les bras du vieux sage. J'étais troublée.

– Ne m'obligez pas à demander de l'aide. Venez immédiatement, je vous dis !

Je réalisai que le billet de cinquante euros était toujours entre mes doigts et que la femme aux mitaines avait disparu. Je le retournai : *Une naissance passe par la souffrance.*

Sans plus attendre, je refermai le tiroir-caisse. La Bernard ne bougeait pas d'un pouce, l'œil menaçant, un rictus à peine dissimulé aux coins des lèvres. Évidemment j'allais souffrir, un licenciement, cela fait mal. « Laissez le chantage aux maîtres chanteurs *»*, avait dit la femme aux mitaines. Je comptais m'en tenir à son conseil. Jusqu'ici, elle avait révolutionné positivement l'immobilisme de mon existence. Le basculement annoncé se produisait. Je n'éprouvais aucune crainte à l'idée de perdre mon emploi, au contraire, un sentiment de légèreté circulait au creux de mes veines.

J'étais en paix.

Au moment où je me dirigeai vers la Bernard, un homme, coiffé d'un casque de moto, fit irruption dans le magasin. Il se planta devant moi, pointa une arme à hauteur de ma tête.

– La caisse, connasse !

Des cris de terreurs retentirent. Les clients se couchèrent à plat ventre. L'homme saisit la Bernard à la gorge, il en fit son otage.

– Grouille-toi ou je la bute !

J'ouvris le tiroir, les mains tremblantes, j'empoignai l'argent.

– Tenez, voilà, je vous donne tout, ne tirez pas, s'il vous plaît.

– Ta gueule ! Tape le fric dans un sac. Et active, salope !

Je saisis un sachet en papier, y glissai le contenu de la caisse le plus rapidement possible et tendis son butin à l'homme casqué. Il l'attrapa de sa main non armée, lâchant son étreinte. La Bernard en profita pour s'échapper. De rage, le voleur se retourna sur elle, il braqua son arme en visant la tête.

Je ne sais pourquoi, par réflexe sans doute, je courus m'interposer. Le coup de feu fut suivi d'une salve de hurlements. La panique envahit le magasin.

L'homme fila à toute vitesse vers sa moto stationnée devant les portes d'entrée. J'étais clouée au sol. La balle m'avait transpercé l'épaule. Un flot de sang couvrit le carrelage. La violence de la douleur me fit perdre connaissance.

*

Lorsque j'ouvris les yeux, j'étais allongée sur un lit à l'hôpital. La Bernard surgit au-dessus de ma tête, le visage contrit. Elle était en larmes.

– Vous allez vous en sortir, Nathalie. Je vous le promets, vous allez vous en sortir, le médecin l'a affirmé. Il dit que la balle a traversé la chair sans toucher l'os. Vous ne garderez aucune séquelle.

Le temps d'émerger, le film des événements se remit en marche avec quelques ratés.

– Que s'est-il passé ? Je revois le type, son casque et puis c'est le trou noir.

– Vous m'avez sauvé la vie, Nathalie ! Jamais je n'oublierai. Pardonnez-moi, je vous en supplie. Si vous saviez comme je m'en veux.

Un épais brouillard enveloppait mon cerveau, mes pensées peinaient à se frayer un chemin vers ma conscience. Cependant, peu à peu, le déroulement des faits se rappelait à ma mémoire. Le braquage, les propos de la femme aux mitaines, l'horoscope, Greg et la Bernard occupés à…. C'était beaucoup en une seule journée.

– Vous allez vous en sortir, Nathalie.

À en juger par la douleur, il y avait de fortes probabilités pour que je sois en train de vivre mes derniers instants. Mais puisque la Bernard m'avait promis le miracle dix secondes auparavant, je la rassurai d'un oui le plus convaincant possible.

– Tout va changer à présent. Votre acte de bravoure sera récompensé, faites-moi confiance, gémit-elle avant de se moucher bruyamment.

Sa souffrance me peinait. Elle devait être bien malheureuse pour passer son temps à persécuter des pauvres travailleuses et s'envoyer en l'air avec le type le plus répugnant de la capitale.

Une infirmière vint vérifier la perfusion, puis elle y injecta une dose d'antalgique.

– Il faut la laisser se reposer, maintenant. Ne vous inquiétez pas, nous allons veiller sur elle.

La Bernard quitta la chambre, à contrecœur, en m'assurant de revenir dès le lendemain. À peine eut-elle refermé la porte que je sombrais dans un sommeil profond.

Au bout de plusieurs heures, je fus éveillée par une odeur puissante de cannelle. Lorsque j'ouvris les yeux, j'aperçus, sur la table de nuit, un énorme paquet de M&M's. Au pied du lit, Nils étudiait les courbes de mes paramètres. Il souriait.

— Bien dormi ? s'empressa-t-il de demander en s'approchant. Ta blessure est superficielle. C'est douloureux, mais heureusement sans conséquence. Tu as eu de la chance.

— Qui êtes-vous ? ai-je balbutié, incrédule.

— Tu ne me reconnais pas ? Le stage de méditation !

— Si, bien sûr, mais...

— Docteur François Daumiez. Pardon, nous n'avons pas eu l'occasion de faire les présentations le jour du stage.

Je le regardais évoluer dans la blancheur de cette chambre d'hôpital, avec son catogan, sa chemise népalaise et son sarouel rouge ligné de jaune. Il y avait là trop d'incohérences, je renonçai à trouver une explication.

— Surtout, ne te fie pas aux apparences, je suis vraiment médecin.

— Nathalie Dangis, caissière en grande surface, c'est tout ce que je trouvai à dire.

Il sembla ne pas relever.

— C'était particulier cette matinée de lâcher prise, tout est allé si vite. J'ai tenté de te revoir le dimanche suivant. Je suis même allé me poster devant la maison des deux sages. Quand tu en es sortie, je t'ai suivie jusqu'à la station de métro. Mais tu m'ignorais alors je n'ai pas insisté.

— Je ne t'ai pas vu.

— Tu paraissais ailleurs, en effet. Certainement à cause de la méditation. Enfin, j'espère.

— Pourquoi étais-tu revenu ? Tu m'avais plantée là une semaine plus tôt.

— Je n'ai pas le temps de tourner autour du pot, pas envie non plus, je vais donc être direct. Tu m'as plu à la seconde où j'ai croisé ton regard.

— Alors pourquoi être parti comme un voleur puisque j'étais là, près de toi, disposée à manger tes chocolats...

— Je sais, c'était idiot de ma part.

— Très con même.

— J'ai bien une explication, mais elle va te paraître fantasque.

— Au point où j'en suis, plus rien ne m'étonne.

— Oui, mais je te parle ici d'un truc dingue.

— Tu peux y aller, les trucs dingues c'est ma spécialité.

— Et bien, trois jours avant la séance de méditation où nous nous sommes rencontrés, j'avais reçu une patiente en consultation. Une femme très bizarre. Elle ne souffrait d'aucune maladie. Elle avait attendu des heures, car elle voulait simplement m'annoncer que j'allais rencontrer l'amour. « Demandez-lui si elle a déjà serré la pierre philosophale et si la réponse est sincère, vous saurez que c'est elle. », m'avait-elle assuré. Son conseil était tellement loufoque que j'ai craint pour sa santé mentale. Je l'ai remerciée et invitée à prendre quelques jours de repos. Mais le dimanche, lorsque je t'ai vue, quand j'ai respiré ton parfum de vanille, j'ai directement pensé à cette drôle de femme et à sa prédiction. J'ai eu envie de tenter ma chance.

— À quoi ressemblait-elle ?

— Elle était étrange. Maquillée outrancièrement, vêtue de noir. Elle portait des mitaines, je m'en souviens parfaitement.

— Tu l'as revue ?

— Non, jamais.

— Comment a-t-elle réglé la consultation ?

— Elle m'a payé en liquide.

— T'a-t-elle donné un billet de cinquante euros ?

— Je ne sais plus. Je crois, oui. Pourquoi ?

— Comme ça, déformation professionnelle, je te l'ai dit, je suis caissière.

Je tâchai de cacher ma stupéfaction. Un courant tiède circula dans mon corps. Je me sentais magnifiquement bien.

— Nathalie Dangis. Ainsi à présent, je connais ton identité. Je t'avais inventé un prénom : Philaé. En grec ancien, cela veut dire « qui aime ». Tu veux bien que je continue de t'appeler Philaé ?

Si c'est un rêve, il est fou. Si c'est la vie, je suis folle.

— Moi aussi, docteur François Daumier, je t'avais inventé un prénom : Nils. J'ignore sa signification, mais tu veux bien que je continue de t'appeler Nils ?

Qu'importe la folie. Ces nouveaux patronymes symbolisaient une nouvelle naissance.

— Ma jolie Philaé, je pense que nos routes convergeaient dans la même direction, il nous fallait attendre le point de rencontre. Si tu ne m'as pas remarqué le jour du deuxième stage, c'est que ce n'était pas encore le bon le moment.

— Et maintenant, selon toi, est-ce le bon moment ?

— Oui, je le crois. Tu auras été ma dernière patiente dans cet hôpital. J'ai terminé mon service il y a une heure.

— Et ?

— D'ici deux jours, je pars vivre sur l'île d'Aix, en France. J'adore cet endroit. J'y ai construit une petite maison en bois au bord de la mer. La ville, la cadence effrénée des urgences, les patients qu'on ne revoit jamais, ce n'est pas pour moi. Là-bas, il y a peu de médecins, le maire est ravi, il m'a proposé un rez-de-chaussée au centre, je pourrai y soigner les habitants.

Si c'est un rêve, c'est un cauchemar. Si c'est la vie, c'est une psychose.

Je ne dormais pas. Le feu ravageant mon épaule me le prouvait clairement. Un nœud serré au creux du ventre le confirmait. Un sentiment d'injustice achevait de me convaincre. La vraie vie est parfois le pire des songes. J'avais envie de pleurer.

– Alors, peut-être notre moment n'était-il guère plus long que celui-ci ?

– Pourquoi ne m'accompagnerais-tu pas ? Ta convalescence nécessite du repos, là-bas, c'est le calme absolu. Lorsque tu sortiras de la maison, tu auras les pieds dans le sable.

– Et mon travail ?

– Je recrute justement une assistante, de préférence qui soit ouverte aux histoires extraordinaires.

– J'ai le profil, je crois...

– Nous habiterons un bras de mer, sur la plage des coquillages, c'est son nom.

– Un bras ? Des coquillages...

Mon portable se mit à vibrer dans mon sac. Nils s'empressa de me le passer. À l'écran, un numéro étrange s'affichait. Un préfixe suivi du chiffre cinquante.

J'ouvris le SMS : Soyez heureuse mademoiselle.

Dominique Van Cotthem vit à Liège où elle exerce la profession de secrétaire en maison de retraite après avoir été fleuriste durant des années.

Son premier roman *Le sang d'une autre* a reçu le Prix Femme Actuelle Coup de cœur des lectrices.

Elle a également été lauréate du concours des éditions CEP avec sa nouvelle *L'exclue*.

En janvier 2022, un second roman intitulé *Adèle* paraîtra chez Genèse édition.

Le sang d'une autre, roman, éditions Les Nouveaux Auteurs 2017, Pocket 2019

Quelques mots à vous dire, recueil de nouvelles (collectif), éditions BoD 2019

Un bleu de fin d'été qui n'a pas dit son dernier mot, recueil de poésie, éditions BoD 2020

Un Hôtel à Paris, recueil de nouvelles (collectif), éditions BoD 2020

Chemins tracés, nouvelle, éditions Lamiroy 2021

Le vin, recueil de nouvelles (collectif), éditions CEP 2021

REMERCIEMENTS

Merci à tous ceux qui nous accompagnent, depuis parfois plusieurs années, sur notre chemin d'écriture, dans les librairies, les salons, les blogs ou les réseaux sociaux.

Merci à nos amis les Pingouins, Nelly Chadanel, Florence Félix, Cécile Clarinval, Frédérique Lecuelle, Fabienne Variol et tous les autres… On pense à vous.

Un merci particulier à notre brillant photographe, chorégraphe et « inspirographe », Ergé, notre créateur officiel de couvertures et de préfaces. C'est précieux de t'avoir avec nous dans l'Aventure.

Et enfin, un grand merci à vous, que nous ne connaissons pas, ou peu. Vous nous faites l'honneur de votre lecture. Un fil invisible, entre vous et nous, ce point de rencontre qui modifie le sens, les trajectoires et les couleurs. Nous en avons rêvé, merci d'y avoir cru.

Avec toute notre amitié,

Dominique, Rosalie, Frank et Emilie

TABLE DES MATIERES

Rêves Errances Ergé	9
Le cheval Frank LEDUC	21
Blackbird Rosalie LOWIE	71
L'instant présent Emilie RIGER	105
Pleine conscience Dominique VAN COTTHEM	181

Vous avez aimé
Point de rencontre,
Découvrez nos recueils précédents …

Quatre auteurs vous livrent des récits décalés, mélange d'émotion et d'humour, autour d'un fil conducteur « la lecture », qui s'invite comme un personnage à part entière.

Un hôtel a ceci de particulier qu'il est une étape dans un voyage. Un lieu de passage et de brassage où le temps n'efface jamais vraiment le souvenir de ceux qui y font escale. Un endroit empreint de mémoire collective et d'histoires individuelles.

Vous avez aimé
Point de rencontre,
Découvrez nos recueils précédents …

Quatre auteurs vous livrent des récits décalés, mélange d'émotion et d'humour, autour d'un fil conducteur « la lecture », qui s'invite comme un personnage à part entière.

Un hôtel a ceci de particulier qu'il est une étape dans un voyage. Un lieu de passage et de brassage où le temps n'efface jamais vraiment le souvenir de ceux qui y font escale. Un endroit empreint de mémoire collective et d'histoires individuelles.